트라보죤의 고양이

# 트라비존의 고양이

All rights reserved.
All the contents in this book are protected by copyright law.
Unlawful use and copy of these are strictly prohibited.
Any of questions regarding above matter, need to contact 나녹那碌.

이 책에 수록된 모든 콘텐츠는 저작권법에 의해 보호받는 저작물이므로 무단전재와 무단복제를 금합니다.
나녹那碌 (nanoky@naver.com)으로 문의하기 바랍니다.


# 트라비존의 고양이

펴낸 곳 | 나녹那碌
펴낸이 | 형난옥
지은이 | 현순혜
옮긴이 | 양선하
기획 | 형난옥
관리 | 조수현
마케팅 | 김보미
편집 | 강은지, 이현정
디자인 | 김용아
초판 1쇄 인쇄 | 2017년 7월 15일
초판 1쇄 발행 | 2017년 7월 17일
등록일 | 제 300-2009-69호 2009. 06. 12
주소 | 서울시 종로구 평창 21길 60번지
전화 | 02- 395- 1598  팩스 | 02- 391- 1598

ISBN 978-89-94940-59-5    03810

이 도서의 국립중앙도서관 출판예정도서목록(CIP)은 서지정보유통지원시스템 홈페이지(http://seoji.nl.go.kr)와
국가자료공동목록시스템(http://www.nl.go.kr/kolisnet)에서 이용하실 수 있습니다.
(CIP제어번호: CIP2017016620)

소설로 읽는 민주주의

나녹
那碌

# 트라브존의 고양이

『내조국은 세계입니다』 저자 현순혜 소설

현순혜 지음 | 양선하 옮김

잘 왔구나 지구로!
비록 지구는 문제투성이긴 하지만.

**(딸 나라가 태어난 날 아빠 오다 마코토가 일기에 씀)**

**책을 펴내며**

세계는 달라진 세상을 필요로 한다.
(오다 마코토의 창작 노트에 쓰인 마지막 글)

 이 책은 우화 에세이다.
 남편 오다 마코토와의 마지막 세계 여행길을 그려 보았다.
 트라브존은 터키의 흑해 연안에 있는 8,000년의 역사를 지닌 유서 깊은 도시다.
 남편은 호메로스의 작품 『일리아스』에 나오는 트로이 옛터를 찾았다가 고대 희랍 식민도시인 아소스, 그리고 트라브존을 거쳐서 일본으로 귀국한 직후 병으로 세상을 떠났다.
 '인생의 동행자'라고 아내를 자랑하던 대작가가 어째서 마지막으로 택한 여행이 고대 희랍의 옛터였을까, 자문자답하게 된다.
 원대한 철학적 의미와 민주주의를 고민하는 여행이지 않았을까…….
 그런 생각이 드니 본래의 문학을 알아내는 일을 나에게 마련해 준 기회가 된 것 같다.

**차례**

책을 펴내며 5
서장 영원한 여로 8

제1장 이스탄불의 길고양이 23
제2장 여행의 길동무, '인생의 동행자' 41
제3장 트로이와 『일리아스』와 '30센티미터의 높이' 48
제4장 하오의 에게해 65
제5장 고양이 알키비아데스의 우울 80
제6장 옥쇄 93
제7장 아소스의 신전과 이솝 고양이 110
제8장 데모스 크라토스여! 124
제9장 트라브존의 고양이 139
종장을 대신하여 지복과 상실 171

참고문헌 179
고양이의 책꽂이(서명 일람)

서장
## 영원한 여로

　엘리베이터를 타고 7층에서 내려 롯코산을 바라보며 통로를 왼쪽으로 돌면 나지막한 계단이 나온다. 우리 집으로만 통하는 이 계단 끄트머리에 조그만 '비밀의 정원'이 있다.
　실은 정원이라고 부를만한 공간도 아니다. 현관에 붙은 한 평 남짓한 콘크리트 바닥에 지난번 큰비로 집 앞 해안가에 떠밀려온 벚나무며 소나무, 노송나무 따위의 유목을 날마다 건져다가 꽃나무 화분 주위를 꾸민 것이다.
　산에서 강을 따라 바다까지 떠내려온 유목은 바닷물에 흠뻑 적셔진 덕분인지, 다 마르고 나면 놀라우리만큼 아름다운 조각 작품으로 변했다. 어떤 것은 긴 가지가 있는 대로 벌어져 천장에 닿을만큼 큰 것도 있다. 바닷가에서 주운 유목으로 만든 자그마한 정원, 이것이 '비밀의 정원'

이다.

이 정원에는 알 수 없는 신기한 힘이 있는 듯하다.

어느 날, 은행원이 우리 집을 찾아왔다. 아니, 정확히 말하자면 우리 집 초인종을 누르기에 앞서, 이 '비밀의 정원'에서 담배를 피우며 한숨 돌리고 있다가 때마침 현관문을 열고 나오던 나와 딱 마주친 것이었다. 그런데 움찔도 하지 않고, "여기, 좋네요!" 라며 눈물이 그렁그렁한 채 얼굴 가득 미소를 짓는 게 아닌가! 일상의 업무가 어지간히 피곤했나싶었다. 측은한 마음에 나는 그에게 유목의 종류며 유래를 일일이 설명해 주었다.

은행원은 기분이 좋아진 듯, 그날은 일도 뒷전으로 하고 돌아갔다.

그로부터 몇 달쯤 지난 어느 날, 그 은행원이 불쑥 다시 찾아왔다.

"저, 이번에 본사로 전근하게 되어 감사 인사를 드리러 왔습니다."

그는 행복해 보이는 뒷모습을 남기고 사라졌다. 그가 업무에 보탬도 되지 못한 우리 집을 굳이 다시 찾아온 것은 '비밀의 정원'에 작별 인사를 하고싶어서가 아니었을까?

어느 때이던가, 달빛이 아름다운 밤이 이어졌다. 매일

밤, 똑같은 시각에 현관 앞 '비밀의 정원'에서 여자아이의 말소리가 들렸다.

　누군가와 이야기를 하고 있는 줄 알았는데, 가만히 살펴보니 혼자 중얼거리는 거였다. 소녀는 우리 집 '비밀의 정원'에 있는 유목 하나하나마다 이름을 지어주고, 화분의 나뭇잎을 따서 소꿉놀이를 하고 있었다. 때마침 아름답게 떠오른 달을 향해 뭔가 소원을 비는가싶더니, 점점 높이 떠오르는 달을 따라 층계참의 담을 넘어 지붕 위에까지 기어오르려 하고 있었다. 7층 높이 아파트의 꼭대기 층에 있는 '비밀의 정원'의 그다지 높지 않은 담 너머는 곧바로 경사진 지붕으로 이어져 있었다.

　"앗, 위험해!"

　나는 그만 소리를 지르고 말았다.

　그 소리에 겁을 먹은 소녀는 더 이상 달에게 꿈 얘기를 하러 '비밀의 정원'에 놀러 오지 않았다.

　그 후에도 달빛이 아름다운 밤이 몇 차례나 더 있었지만 소녀는 끝내 나타나지 않았다. 지금도 내가 그날 그렇게 소리치지 않았더라면 소녀는 커다란 달을 따려는 용기를 잃지 않았을 텐데, 라고 후회할 때가 있다.

이 집에 나와 반평생을 함께 한 작가가 살았다. 작가는 철 들 무렵부터 시와 하이쿠를 썼다. 일흔다섯의 나이로 운명하기 직전까지 소설을 썼으니 인생의 대부분을 글을 쓰기 위해 산 셈이다.

어릴 때부터 방랑벽이 있던 작가는 어른이 되어서도 세계 여러 나라를 구석구석 여행하고 다녔다. 여행지에서는 자질구레한 잡동사니며 손으로 담상담상 엮은 진기한 바구니 따위를 사서 귀찮은 기색 없이 소중히 집에 들고 오곤 했다. 집에는 잡화점을 차려도 좋을만큼 민예품이며 고지도 따위가 굴러다닌다. 하긴 나와 만나기도 전, 워낙 오래 전부터 지니고 있던 습관이라 이제는 박물관에서밖에 볼 수 없을 것 같은 물건도 있다. 그런 작가를 나의 어머니는 '산타클로스'라고 불렀다.

그 중에서도 잊을 수 없는 것은 태평양 어느 섬에서 가져온 거거의 껍데기다. 소설 취재를 위해 찾아간 섬에서 발견한 조개껍데기를 세면기만큼 커다란 것부터 목걸이 알로 쓸만큼 자그마한 것까지 가방 가득 채워왔다.

지금도 그렇지만, 나는 어릴 때부터 별것 아닌 재료를 가지고 쓸 만한 것을 만들어내는 재주가 있었다. 버려진 종잇조각이나 나뭇가지, 줄기, 뿌리, 길가의 돌멩이, 집 울

타리, 칸막이 같은 것도 내 눈에는 장난감으로 보이는 것이다.

그러니 태평양에서 이 멀고도 먼 곳까지 온 커다란 조개껍데기가 어찌 나의 보물이 되지 않으리. 지금은 나의 '비밀의 정원'에서 빼놓을 수 없는 가족이다.

작가는 생전에 나를 아내라 부르지 않고 '인생의 동행자'라고 불렀다. 작가가 지은 호칭이었다.

세계 곳곳을 누비고 다닌 여행가이기도 했던 작가는 세상을 뜨기 직전까지 여행을 이어갔다. 그 마지막 여행을 나와 함께 했으니 '인생의 동행자'란 말이 딱 맞는 호칭인 듯싶어서 묘한 기분이 든다.

마지막 여행지는 터키의 트로이 유적과 아소스, 그리고 트라브존이었다. 미처 매듭짓지 못한 소설과 평론을 마무리한 작가는 네덜란드 헤이그에서의 공무를 마친 뒤, 모처럼만에 '인생의 동행자'와 터키여행을 하고싶어했다.

작가는 로마에 본부를 둔 '항구 민족민중 법정'이라는, 유럽과 제3세계에서 잘 알려진 국제조직의 심판원을 20년 넘게 맡아왔다.

어느 날 필리핀 가톨릭 신부님이 작가를 찾아왔다. 세상에는 지금도 억울하게 국가나 군대에 의해 죽임을 당하거나 역경을 겪는 사람이 있으니, 그렇게 고통받는 사람을 돕기 위해 꼭 헤이그의 국제 민중법정에 참석해 주었으면 한다는 것이다.

작가는 그 즈음 갑작스러운 몸의 이상을 느끼고 있었으나 타고난 정신력과 인내력으로 무리를 해가며 헤이그로 갔다. 헤이그에서의 일정 뒤에는 '인생의 동행자'가 합류하는 터키여행이 기다리고 있었다.

그러나 여행은 호락호락하지 않았다. 무엇보다도 민중법정이 열린 일주일 동안 음식물을 제대로 삼킬 수 없었던 것이다. 작가는 헤이그에 머무는 동안 날마다 일본에 있는 나에게 전화를 했다. 나는 일본에서 미리 의사의 처방을 받아 준비해간 약을 복용하도록 당부하는 것밖에 달리 할 수 있는 일이 없었다. 여태껏 들어본 적 없는 작가의 힘없는 목소리에 적잖이 걱정이 되었다. 하지만 이제 곧 만날 테니 작가의 건강을 잘 살펴야겠다고 마음을 가라앉히고, 서울을 경유하여 암스테르담으로 향하는 비행기에 몸을 실었다.

작가와 암스테르담에서 만나 터키 이스탄불로 가기로 약속이 되어 있었다.

조용한 운하의 도시인 암스테르담은 작가가 좋아하는 곳이다. 네덜란드가 예전의 대국 의식을 버리고 철저히 작은 나라를 유지하는 것도 작가가 암스테르담을 좋아하는 이유였다. 전세계의 난민과 동성애자를 포함한 마이너리티가 한결같이 세계에서 가장 자유롭고 살기 좋은 나라라고 말하기를 주저하지 않는다. 그런 관용의 정신이 작가의 기질에 딱 맞는 것이다. 작지만 넉넉한 품을 지닌, 이 운하를 따라 늘어선 집들을 호텔 창문으로 내려다보는 작가의 모습은 애처로우리만큼 지쳐 있었으나 더없이 평온해 보였다.

　작가가 암스테르담에 오면 꼭 들르는 곳이 있다. 국립미술관에 있는 렘브란트의 '야경' 전시실이다.
　'야경'은 작가가 미국 유학을 마치고 귀국하던 길에 유럽에서 인상 깊게 감상했던 몇몇 회화 작품 가운데 하나다. 당시 작가는 이십대 후반의 대학원생으로 '1일 1달러'(1달러=360엔이던 시절)의 세계일주여행을 했다. 그때 찍은 사진을 보면 빈털터리로 여행을 하느라 껑충한 키가 휘청거려 보일만큼 야윈 모습이면서도 눈빛만큼은 형형

했던 것이 느껴진다.

작가는 둘이 묵기로 한 호텔에 짐을 내려놓기 바쁘게 서둘렀다.

"트램 타고 미술관에 갑시다!"

청년시절에 처음 감상한 이래 이미 몇 번이나 보고도 여전히 간직하고 싶은 렘브란트의 명화가 주는 감동을 다시 한번 음미하고 싶어서였을 것이다. '야경' 앞에 한참을 멈춰 서 있는 작가를 보니 이 그림이 들려주는 이야기의 심오한 부분과 교감이라도 하고 있는 것 같았다. 17세기 네덜란드의 황금기에 살았던 렘브란트는 빛과 그늘이 만들어내는 드라마틱한 회화적 효과를 누구보다도 잘 표현한 화가다. 전기가 없었던 그 시대, 어둠 속에서 빛나는 아름다운 촛불이 얼마나 사람들에게 편안함과 힘을 주었을까 하고 상상해 본다. '야경'의 위대함은 평범한 공동체의 일상을 마치 막이 올라간 무대를 보듯 그림 앞에 선 사람들의 시선을 끌어안아 버리는 힘일 것이다. 우리는 기분 좋게 전시실을 한 바퀴 둘러본 뒤 화집을 샀다.

기품 있는 꽃과 녹음으로 관람객을 맞는 멋스러운 출입구를 지닌 이 미술관을 나온 우리는 암스테르담의 오래된 골동품 거리를 둘러보다가 한 모퉁이에 있는 가게로 들어갔다.

"뭐, 추억이 될 만한 것을 사고 싶소."

작가가 평소답지 않은 말을 했다. 가게 안쪽에서 꽤 고급스러워 보이는 옷을 차려 입은 중년 남자가 나와 우리를 맞았다. 그는 조그만 은제 장식품이며 지도 따위를 이것저것 보여주었다.

1985년 딸아이가 베를린에서 태어난 지 6개월쯤 되었을 무렵 갓난아기를 데리고 셋이서 유럽 여섯 나라를 여행한 적이 있었다. 그때 우연히 벨기에의 앤트워프에서 17세기 무렵의 암스테르담을 그린 고지도를 발견하고 구입한 적이 있는데, 그때만큼 마음에 드는 것이 없었는지 결국 '추억이 될 만한 것'을 사지 못 한 채 가게를 나왔다.

이스탄불로 향하기 전, 우리는 예전에 거닐기 좋아했던 라이덴대학 부근과 베트남 반전 탈주병을 지원한 인연이 있는 위트레흐트거리를 산책하고, 로테르담에 사는 옛 친구의 집을 방문했다. 또, 베를린에서 열차를 타고 우리를 만나러 와준 친구와 재회의 기쁨을 나누며 앞으로 나올 작가의 소설, 『옥쇄』의 독일어 판에 대해 이런저런 얘기도 나누었다.

암스테르담에 올 때마다 나를 감탄하게 만드는 것이 있

다. 거리에서 마주치는 자동차들이다. 암스테르담의 운전자는 언제 어디서나 보행자와 자전거의 통행을 방해하지 않도록 조심스레 운전한다. '사통팔달'인 운하의 거리에는 예로부터 영위되어 오던 인간의 사이즈에 맞는 생활의 질이 지금도 숨쉬고 있는 것이다. 작가가 좋아했던 암스테르담의 장점은 네덜란드라는 나라가 지닌 빛과 그림자와 함께 하는 것이며, 그것은 나에게도 헤아릴 수 없는 매력으로 다가왔다.

과자처럼 생긴 길쭉한 집들의 처마 끝으로 이따금 고양이들이 돌아다닌다. 어쩐지 이 도시에는 검은고양이가 어울린다.

고양이를 보니 머릿속에 문득 떠오르는 것이 있다.
"이거야, 원! 고양이가 따로 없구려!"
작가는 가끔 나를 이렇게 놀리곤 했다. 작가한테서 중요한 심부름이나 뭘 사다 달라는 부탁을 받은 날, 마침 하늘이 구름 한 점 없이 맑고 푸르기라도 하면 내 발걸음은 으레 엉뚱한 곳으로 향했다. 그런 날이면 심부름도 잊고 쇼핑할 것도 잊은 채 빈손으로 집으로 돌아왔다. 쇼핑을 마친 장바구니를 가게에 두고 오거나, 식사 후에 계산도 치르지 않고 나오다가 다시 불려 들어가기도 하고, 심지어 작가의 중요한 원고를 출판사에 보내는 걸 까맣게 잊은 채 손가방 속에 한 달이나 방치해둔 적도 있다.

도무지 제정신이라고 생각할 수 없는 '못 말리는 병'을 지닌 '인생의 동행자'와 살면서 마음 편한 날이 없었을 텐데도 작가는 크게 화를 내거나 질린 내색 한번 하지 않고 그저 고양이를 닮았다며 재밌어했다. 딸아이가 태어난 지 얼마 안 되었을 무렵에는 "용케도 아기는 잊지 않았구려!"라며 놀렸다. 하기는 아기를 잊었던 사건도 없었던 것은 아니다.

아직 동서냉전의 벽이 있던 서베를린에 우리가 1985년부터 2년간 구서독 정부의 학술교류기금 'DAAD'의 초청을 받아 체류하고 있을 때였다. 우리 아파트 2층에 에스토니아 출신의 작곡가가 살고 있었다. 3층은 그리스 시인, 4층은 폴란드 화가, 이렇게 아파트 주민 모두 'DAAD'의 '초빙거주 예술가'였다.

우리는 1층에 살고 있었는데, 작가가 외출로 집을 비운 어느 날, 집 열쇠 챙기는 걸 깜빡한 채 밖에서 현관문을 닫고 말았다. 집 안에는 태어난 지 얼마 되지 않은 딸아이 혼자 남겨져 있었다. 밖에서 문을 닫으면 안에서 자동으로 잠기는 베를린 특유의 낡은 잠금장치에 익숙하지 않았던 나는 기겁해서 얼굴이 새파래졌다.

그때 마침 2층에 사는 작곡가가 우리 집 앞을 지나쳐갔다. 나는 창피함이고 뭐고 망설일 겨를도 없이 도움을 청했다.

"큰일 났네요!"

상황을 파악한 그는 당장 자기 집으로 달려가더니 목공도구를 들고 와서 순식간에 현관문을 비집어 열어주었다. 그 일이 있은 후, 2층의 작곡가가 아르보 패르트였다는 것을 아는 데는 그다지 오랜 시간이 걸리지 않았다.

그날부터 그에게 부쩍 친근감을 느끼게 된 우리는 어느 날 그를 저녁식사에 초대했다.

철학자나 종교가의 풍모를 지닌 그는 수줍은 듯, "이거, 선물로 드릴게요."라며 자신이 작곡한 LP레코드 한 장을 가만히 내밀었다. 키스 자렛의 연주로 유명한 「프라트레스」와 「벤자민 브리튼을 추모하는 성가」 등이 수록된 그의 불후의 명작 앨범이었다.

당시 일본에서는 아직 이름이 널리 알려지지 않았던 그가 훗날 세계적으로 유명한 작곡가가 되어 일본에 왔을 때, 그 LP레코드는 CD로 바뀌어 다시 우리 집에 전해졌다.

깊은 사색과 명상의 숲에 일렁이는 듯한 그의 음악에서는 도저히 상상이 되지 않는 "큰일 났네요!"라고 소스라치게 놀라서 외칠 때의 그 휘둥그레진 커다란 눈동자, 그때 나는 일류 예술가의 내면에 있는 분명한 리얼리즘의 한 부분을 본 것 같다.

이렇듯 나의 '못 말리는 병'은 작가는 물론이고, 아르보 패르트에게까지 큰 빚을 지고 말았다.

고양이는 인간의 지각을 뛰어넘는 감각을 지니고 있는 듯하다. 아무래도 나의 행동이며 감각이 작가에게는 지각 불가능, 이상하기 짝이 없는 사람이 하는 짓으로 비춰진 모양이다.

또 고양이는 우주를 보며 우주의 소리를 듣는다고 한다. 그렇다고 해서 나에게 우주의 소리가 들리는 것은 아니다. 다만, 작가와 같은 방향을 쳐다보면서도 다른 세계를 보고 있으니, 서로 시간이 다른 시계를 가진 것일 게다. 그 시계가 때때로 멈추거나 이상해졌을 때 나의 지각이 현실을 떠나 부유하는 모양이다. 어느 때는 불협화음으로, 또 어느 때는 아름다운 조화를 이룬 화음으로.

작가는 끊임없이 샘솟는 상상력의 샘을 가지고 있었다. 나는 그 샘이 마치 온몸 구석구석 뻗어 있는 모세혈관처럼 작가의 머리와 마음을 단련시켜 잇달아 많은 작품을 만들어 내는 것을 지켜봐 왔다.

　작가는 고양이를 좋아했다. 고양이의 독립독행적인 삶의 방식을 경애했다.
　고양이들이 그걸 알았는지 모르겠지만, 마지막 여행에서 가는 곳마다 고양이들이 불쑥 나타나서 작가 주위를 아슬랑거리며 따라다니곤 했다.
　작가의 마지막 여정을 함께한 고양이들과의 교류를 '고양이를 닮은' 나의 마음이 보고 들은 대로 얘기하려 한다.
　머지않아 찾아온 '이별'의 깊은 슬픔을 잊지 않기 위해서도.

### 제1장
## 이스탄불의 길고양이
### The first day of the last trip

"갈라타다리로 가려면 어느 쪽으로 가야 해요?"
길 가는 학생에게 물었다.
 암스테르담에서 이스탄불로 이동한 다음날, 짐도 풀고 기분도 풀린 우리는 신시가지 높은 곳에 있는 탁심광장 근처의 호텔을 나와서 이스티크랄거리를 갈라타다리 방향으로 한가로이 걸었다. 점심때를 지난 무렵이라 하교 중인 듯한 중학생쯤 되어 보이는 사내아이와 마주칠 때마다 길을 묻던 참이었다. 그러나 이 또래 사내아이들은 어느 나라 할 것 없이 부끄럼쟁이가 많은가보다. 다들 하나같이 "저, 영어 못 해요!"라고 서툰 영어로 한마디 하고는 총총히 달아난다.
 하는 수 없이 작가와 나는 바다 쪽을 향해 오래된 돌길

언덕을 따라 터벅터벅 걸어 내려갔다. 이 언덕길은 어디서든 보스포루스해협으로 이어질 거라고 느긋해하면서.

평소 여행박사인 작가의 지리 감각은 어지간해서는 틀리는 일이 없어서 거의 정확하게 목표 지점에 다다른다.

지도를 보지 않아도 이 골목을 돌아가면 학교가 있고, 저 모퉁이 끝에는 병원이 있고, 조금 더 가면 시장과 음식점이 나오고, 이렇게 대개의 짐작은 맞아떨어진다. 이번에도 으레 그럴 거라고 믿고 그가 발걸음을 옮기는 대로 내 발걸음도 따라갔다. 그런데 가도가도 갈라타다리는 나오지 않았다. 이런 일은 처음이었다.

그때 문득 조그만 과자가게가 눈에 띄었다. 걷기에 지친 우리는 자연스레 그 가게 쪽으로 걸음을 옮겼다. 그 가게는 우리가 어릴 때 고베 시내에서 본 것 같은 예스러운 느낌을 띠고 있었는데, 바클라바라는 터키 과자가 들어 있는 유리 진열장은 마치 우윳병 바닥처럼 부옇게 변해 있었다.

이제 갓 중년을 넘긴 듯한 아저씨가 혼자서 과자를 굽고 있는 가게 안에는 허름한 테이블 하나와 의자 둘이 달랑 놓여 있었다.

바클라바 두 개를 주문하면서 찬찬히 가게 안을 둘러보니, 얼굴 가득 사람 좋은 미소를 띤 가게 주인이 "차 한 잔

드세요!"라는 표정으로 금속으로 장식된 아름다운 유리잔에 호박색 홍차를 따라주었다. 달콤한 각설탕이 유리잔 아래로 가라앉는 것을 즐기면서 마시는 터키 차이다. 얼핏 초라해 보이는 이 가게에 이렇게 풍요로운 순간이 숨쉬고 있다니! 터키인의 멋스러움에 감탄했다.

차이문화는 중국에서 시작되어 전세계로 퍼져나간 것인데, 예전에 둘이서 중앙아시아를 여행할 때 느꼈던 인간의 마음을 녹여주는 차이문화의 효용을 이번에도 맛보았다.

"맛있다!"

두 사람의 입에서 누가 먼저랄 것도 없이 같은 말이 나왔다.

우리가 편안해 하자, 가게 주인은 가족사진을 보여주며 설명을 하기 시작했다. 터키 말도 모르면서, 주인이 무슨 말을 하는지 다 알 것 같으니 신기한 일이다. 아마도 자식들은 모두 성인이 되어 다른 곳에서 살고 있다고 하는 것 같았다.

그리고 가게 벽에 걸려 있는 빛바랜 케말 아타튀르크의 사진을 가리키며 말했다.

"이 분은 훌륭한 사람이에요!"

오늘날의 터키가 있는 것은 다 이 사람 덕분이라는 듯한 말투였다.

이 나라 사람들은 처음 보는 외국인 손님을 마치 예전부터 알던 친구처럼 환대하는 법을 잘 안다. 아시아와 유럽을 잇는 징검다리 위치에 있는 이 나라에서 살아온 사람들이 저절로 갖추게 된 습관일 것이다.

기원전부터 고대 그리스, 페르시아, 로마, 그리고 중앙아시아의 유목민 등이 드나들면서 이 땅에 대제국을 건설하고 사라져 간 지난날 이후, 제국은 망했어도 인간은 남은 것이다. 그 기나긴 우여곡절의 풍설을 견뎌온 인간의 깊은 지혜를 살펴보고싶은 생각이 들었다.

"갈라타다리로 가려면 어느 쪽으로 가야 해요?"

조금 친해진 가게 주인에게 물었다. 물론, 가게 주인은 이 말을 알아듣지 못했다. 영어라고는 한마디도 모르는 사람이니 말이다.

그때 마침, 가게의 단골손님인 듯한 덩치 큰 남자가 지나갔다. 가게 주인은 그 남자를 가만히 가게 안으로 잡아끌더니, 우리가 무슨 말을 하는지 들어보라고 하는 것 같았다. 한참을 서로 손짓발짓한 끝에 우리는 이윽고, "아,

이 길을 그대로 쭉 내려가면 다리가 있소."라는 대답을 듣는데 성공한 느낌이 들었다.

서로 제대로 알아들었는지는 알 수 없으나, 아무튼 그 길을 따라 곧장 내려오니 건물 너머로 다리가 보였다. 그때 문득 작가가 중얼거렸다.

"그래, 바로 이거야! 옛날 젊을 때, 이미 오십 년도 넘었지만, 『무엇이든 다 보자』●를 썼을 무렵, 사람들이 하는 말의 본질을 알아들은 느낌이 들었어. 사람은 복잡한 지식을 터득하면 할수록 사물의 본질이 흐려지는 수가 있거든. 특히나 난해한 그리스 고전문학 같은 걸 공부하다 보면 그런 생각이 들 때가 있어.

그러나 사람과 사람의 관계에서 정말 중요한 것은 학문으로 몸에 익힌 지식과는 다른 데 있어. 관념적인 어려움을 다 덜어내고 남은 것이 말의 본질이라는 것, 그것이 내가 하루 1달러의 빈털터리 여행으로 스물 두 나라를 돌아다니며 체득한 거야.

그 때 절실히 느낀 게 있는데, 어차피 사람은 다 거기서 거기야. 인간의 희로애락이란 것이 크게 다르지 않거든. 동서고금을 통틀어도 말이지."

● 작가 오다 마코토의 실제 세계일주 여행기

갈라타다리는 작가가 이스탄불에 올 때마다 들르는 곳이었다. 이번에도 역시 마치 오랜 옛 친구와 재회라도 하는 듯 즐거워했다. 가는 길에 한눈을 파느라 어렵사리 도착한 갈라타다리는 과연 작가가 왜 그토록 보고 싶어했는지 알 수 있을만큼 웅장한 느낌이 들었다.

그러나 작가가 기대했던 광경과는 조금 달랐던 모양이다.

"흠, 좀 실망이로군! 예전에는 노점이 죽 늘어서 있어서 이스탄불의 명소라 하기에 부족함이 없었건만!"

작가는 전에 왔을 때와 달리 다리 근처가 말끔히 정리된 것을 아쉬워했다.

이 다리는 원래 1845년에 목재로 세워졌으나 1912년에 2층 도개교로 다시 지어져서 그 아름다움을 세계에 뽐냈다고 한다. 그러다가 1992년에 노후화와 화재로 철거되었고, 지금의 다리는 그 후에 새로 세워진 것이다.

어쨌거나 갈라타다리는 보스포루스해협을 바로 곁으로 조망할 수 있는 다리라는 사실만으로도 의미가 있다. 에미노뉴부두와 카라쾨이부두를 이어줌으로써 구시가지와 신시가지 양쪽의 다양한 사람이 생활을 영위할 수 있도록 지켜줄 뿐만 아니라, 마르마라바다와 흑해가 멀리 지중해까지 다 연결되어 있음을 쉬이 상상할 수 있게 해주기 때문이다.

보스포루스해협을 사이에 두고 아시아와 유럽이라는 두 얼굴을 가진 터키의 이 특이성은 어느 국가도 지니지 못한 매력이다.

우리는 북적이는 어시장 가까이에 늘어서 있는 피시 레스토랑 중 가장 그럴싸해 보이는 집으로 들어갔다.

갈라타다리와 바다를 조망하기에는 2층이 좋겠다싶어서 곧바로 2층으로 올라가서 창가에 자리를 잡고 마주앉았다. 오른쪽으로 이제 막 도착한 페리에서 사람들이 줄지어 잔교를 내려오는 모습이 보이고, 그 너머로 갈라타다리가 보였다. 작가는 눈을 가늘게 뜨고 창밖을 내다보았.

바다를 바라보기 좋아하는 작가는 자택의 집필실도 바다가 보이는 방을 골랐다. 보스포루스해협의 바다도, 자택 앞의 바다도, 작가에게는 온갖 사색과 상상의 나래를 펼칠 수 있는 풍경인 것이다.

우리는 대표 메뉴인 모둠생선요리와 백포도주를 조금 마셨다. 식사를 마치고 밖으로 나오니, 해질녘이 다 된 부두에는 일을 마치고 집으로 돌아가는 사람들이 줄지어 페리를 기다리고 있었다.

구시가지는 다음날 둘러보기로 하고 그 날은 천천히 탁심광장에 있는 호텔로 향했다.

이튿날, 잠이 깨어 창가에 서 있던 나는 호텔의 넓은 중정에 세워진 별관 지붕 위로 고양이 두세 마리가 아슬랑거리는 것을 보았다.

스페인풍의 빨간 기와로 덮인 지붕 위를 낭창거리며 아슬랑아슬랑 걷는 짙은 갈색 고양이의 걸음걸이가 더없이 우아해 보였다.

작가에 비하면 그다지 고양이에게 관심이 없는 나조차도 '그럴싸해!'라고 느낄 정도였다.

"여기 좀 봐요, 예쁜 고양이가 있어요. 당신이 좋아하는 고양이!"

나는 뜻밖의 멋진 광경을 대할 때 늘 그렇게 하듯 다소 목소리를 높여 작가를 불렀다. 내가 그렇게 부를 때마다 작가가 보이는 반응이 있다.

굵은 목덜미를 한껏 뺀 채 커다란 얼굴을 비스듬히 돌리며 내가 가리키는 곳을 바라다보는 것이다. 무뚝뚝하고 엄해 보이는 겉모습에서는 도저히 상상할 수 없는, 고분고분 꾸밈없이 해맑은 그만의 포즈다.

작가는 침대에서 가만히 몸을 일으켜 창밖을 바라보더니, "아, 그러네. 세상 한가한 표정이네!"라며 빙그레 웃었다.

아침식사는 룸서비스를 받았는데, 작가는 평소 좋아하는 잼을 넣은 홍차와 토스트만 드는 둥 마는 둥했을 뿐 즐겨 먹던 오믈렛에는 손도 대지 않고 식사를 마쳤다. 여전히 식욕이 없으니 기분이 가라앉을 법했지만 창 너머로 내다보이는 고양이들의 아슬랑거리는 모습이 우리의 마음을 다독여주었다. 그렇게 한참을 내다보는 가운데 아침시간이 천천히 흘렀다.

그렇게 얼마간의 시간을 보낸 뒤, 우리는 택시에 몸을 싣고 구시가지로 달렸다.

"먼저 블루모스크를 봅시다!"

작가가 내 손을 잡아끌며 말했다.

이스탄불에서는 톱카피궁전보다 단연코 이쪽이 우위라고 말하고 싶은 것 같았다. 원래 궁전이라는 과장된 '집' 종류에 대해 그다지 흥미가 없는 사람이었다. 어느 나라의

궁전이든 권력자가 만든 것은 대개 다 비슷비슷, 뻔하다는 생각이었다.

블루모스크 안으로 들어가 이슬람교 신자들 사이에 섞여서 우리도 예배용 양탄자 위에 앉아보았다. 위를 올려다보니 기하학무늬의 높은 돔 천장이 어찌나 환상적인지 저절로 명상에 잠기고픈 마음이 들었다. 돔의 작은 창으로 쏟아져 들어오는 빛이 스테인드글라스를 아름답게 물들인다. 그리고 푸른 빛깔의 이즈닉타일 내벽이 음악을 연주하듯 실내를 감싼다. 이것이 바로 사막의, 이슬람적 사유가 만들어내는 상상력이라는 생각이 들었다.

작가는 사원을 좋아한다. 교회든 모스크든 힌두사원이든 사람들이 기도하는 장소를 즐겨 찾는다.

언젠가 중국 오지를 둘이서 여행할 때, 오래된 티베트사원에 들어가서 바닥에 한참을 앉아 있었다. 마침 순례여행을 하고 있던 티베트족 가족이 오체투지 자세로 계속 예불을 드리고 있었다. 온통 모래먼지를 뒤집어쓴 옷을 입고 까맣게 윤이 나는 얼굴만 내민 그 질박함에서 느껴지는 강인함에 순간 압도당했다.

그에 비하면 모스크의 예법에는 뭔가 정교하고 세련된

작법이 있는 느낌이었다. 먼저 손발을 씻고, 신발을 벗고, 양탄자 위에 앉는다. 그런 다음에 비로소 예배가 시작된다. 그런 예배를 그들은 하루에 다섯 차례나 정해진 시간마다 되풀이하는 것이다.

그저 관광객일 뿐인 우리는 모스크 견학을 한 차례 마친 뒤, 옆골목에서 편안해 보이는 레스토랑을 발견하고 길가 쪽 테이블에 자리를 잡고 앉았다. 점심을 먹기에는 조금 이른 시각이었는지 손님이라고는 우리 둘뿐이었으나, 잠시 후 미국인으로 보이는 커플이 들어와서 우리 옆테이블에 자리를 잡았다.

그런데 실은, 그 사람들이 앉기 전에 고양이 한 마리가 작가와 마주보는 자세로 바싹 다가와 앉으려고 했다. 마침 그때 그 미국인 커플이 옆자리에 온 것이다. 고양이는 자기 영역을 빼앗겼다고 여겼는지, 앞발로 여성의 다리를 마치 노크하듯 톡톡 치기 시작했다. 여성은 발로 고양이를 밀쳐냈다.

고양이는 냐옹, 나지막한 소리를 내며 물러가는가싶더니 잠시 후에 다시 돌아왔다. 이번에는 친구 두 마리를 더 데리고 와서 미국인 여성 주위를 에워쌌다.

"아이, 기분 나빠! 다른 데로 가요!"

여성이 언짢아하며 일어섰다. 마침내 미국인 커플은 고양이에게 쫓겨나고 말았다.

고양이는 작가와 이야기를 하고싶어서 다가왔던 것이다.
"냐옹, 제 이름은 슈톨렌이에요. 당신은, 혹시 작가인가요?"
고양이가 물었다.
"슈톨렌이라니, 독일계 고양이로군."
"냐옹, 빙고! 저는 유럽에서 고고학 같은 게 유행했을 때, 그 말도 안 되는 과대망상 환자였던 슐리만이 귀여워했던 고양이의 후손이에요. 슐리만은 이 터키땅에 있던 고대 그리스 유적을 발굴해서 큰돈을 벌었어요. 나도 그 사람처럼 큰돈을 벌게 되기를 꿈꿨지만 잘 안 됐어요. 지금은 여기서 아무 불편 없이 잘 지내고 있지만, 그래도 고대에 대한 꿈은 버리기 어려워서 이따금 당신 같은 외국인을 보면 무턱대고 얘기가 하고싶어져요."
"흠, 그렇군. 내 직업은 작가야. 지금까지 세계 여러 나라를 두루 여행하고 다녀서 자네처럼 원대한 꿈을 지닌 인간(실례! 자네는 고양이였지!)을 잔뜩 봐왔네.
슐리만이라면, 그 사람이 찾아냈다고 하는 미케네 유적

을 내 나이 20대 때 가본 적이 있지. '흰 팔을 가진 헬레네'라는 숙소가 있었어. 호메로스를 좋아하는 어떤 여행자가 그곳에 매료되어 여관을 열었다고 했는데."

"냐옹, 『일리아스』에 나오는 유명한 구절을 여관 이름으로 삼다니, 꽤나 로맨틱하고 재밌는 사람이었네요."

고양이가 말했다.

"맞아. 그리스 고전을 공부한 나는 하룻밤 묵지 않을 수 없었지. 그래서 들어가보니 실내가 깜깜해. 먼저, 숙박부에 이름을 적는데 그 노트가 걸작이야. 제2차세계대전 전부터 쓰던 숙박부라 이름만 대면 알 만한 쟁쟁한 고고학자부터 작가, 정체를 알 수 없는 직업을 가진 사람, 더욱 놀라운 사실은 그 옛날에 이미 일본인 숙박객이 있었다는 거야. 내가 첫 번째 일본인은 아니었던 거지.

아무튼 숙박부를 적고 나니, 여관 주인이 반갑다는 눈빛으로 객실 열쇠와 양초 하나를 주더군."

"냐옹, 양초는 왜요?"

"나도 처음엔 양초는 왜 주지? 하고 의아해했는데, 방에 들어가 보고 알았지. 전기도 통하지 않는 고대 유적지에 왔다는 걸.

몇 년인가 전에 미케네 유적을 아내와 딸에게 보여주고

싶어서 같이 갔을 때 그 여관을 찾아 봤는데 찾지 못했어. 불법건축물이라는 이유로 철거라도 당했을지 모르지."

"냐옹, 그 뭐가 뭔지 모르게 난해하기 그지없는 고대 그리스문학을 공부했다고요? 그럼 트로이 유적은 가봤어요?"

"그야 물론, 벌써 꽤 오래 전이기는 하지만. 아무튼 트로이 유적은 찾아가기 어려운 곳에 있다니까! 1990년에 아시아 아프리카 작가회의가 이스탄불에서 있을 때, 회의를 마치고 현지인에게 부탁해서 지프를 타고 처음 가봤지. 젊은 시절, 세계일주여행을 했을 때는 거기까지 가보지 못했어. 돈이 없었으니까.

정말이지 생전 느껴보지 못한 벅찬 감동이었어. 호메로스의 『일리아스』를 읽고 트로이의 전쟁 유적지는 엄청나게 넓을 거라고 상상하고 있었는데 막상 가보니 그냥 동네 뒷동산처럼 조그만 언덕이더라고. 그래서 오히려, 문학작품이란 얼마나 위대한 것인지 실감했지. 『일리아스』는 원래 이 '흰 팔을 가진' 헬레네라는 왕비를 둘러싸고 일어난 황당무계한 전쟁 이야기로, 세계에서 가장 오래된 문학이기도 하지."

"냐옹, 트로이전쟁 터가 인간인 당신한테는 동네 뒷동

산 같은 조그만 언덕일지 몰라도 나한테는 엄청나게 큰 산이에요. 게다가 황당무계라니, 그건 또 무슨 말이에요?"

"현실에서는 있을 수 없는, 말도 안 되는 내용이라는 말이지. 하지만, 오늘날에도 충분히 통할만한 인간 심리의 모순과 문제점을 잘 다루고 있어서 기원전 8세기에 쓰인 전쟁 이야기라 해도 오늘날 사람들에게 감동을 주는 거야."

"냐옹, 인간끼리 서로 죽이는 전쟁 이야기가 어떻게 사람의 마음을 움직인다는 거죠? 고양이 세상에는 전쟁 따위, 없는데!"

"이를테면 아무리 자기가 쓰러뜨린 적이라 할지라도 그 죽음을 엄숙하게 받아들여 정중히 예를 갖춰 애도하는 모습도 잘 묘사되어 있어."

"냐옹, 인간에게는 죽음을 애도하는 것이 그렇게 중요한 일이에요?"

"그렇고말고. 고양이 세계와 달리 인간 세계에서는, 특히 동양에서는 인간의 일생을 '생로병사'라는 말로 표현하기도 해. 인간은 영원히 살 수 없는 존재니까 정해진 목숨을 가지고 태어나서 성장하고, 성인이 되어 얼마쯤 살다가 노화가 시작되면, 머지않아 병에 걸려 죽음을 맞게 되지. 생명체로서의 숙명이 있는 거야. 그 '생로병사'의 숙명을, 전쟁이나 재해로 도중에 단절당하지 않고 온전히 다 살다 간다면 그건 행복한 일이지.

내가 호메로스의 『일리아스』를 위대한 문학작품으로 여기는 것은 전쟁의 본질을 잘 드러내고 있어서야. 전쟁터에서는 전쟁을 일으킨 지도자보다 전쟁에 내몰린 보통 사람, 작은 인간들이 맨 먼저 수없이 죽어나가는 것을 잘 보여주거든. 뒤집어 말하면, 작은 인간이 없으면 전쟁이 존재하지 않는다는 걸 말이야.

그리고 정치가는 인기를 먹고 사는 존재라는 사실도 잘 간파하고 있어 인기를 얻기 위해서 누군가 괴롭힐 상대를 만들어내지 않으면 안 된다는 것과 전쟁이 오래 가면 전리품의 분배를 둘러싸고 동지끼리 서로 으르렁거리게 되는 것도 잘 다루고 있어."

"냐옹, 인간의 전쟁이란 음험하고 잔혹한 거로군요!"

"그래. 자신을 정당화하고 남보다 많이 차지하고, 강해지고 싶은 욕망이 크면 클수록 전쟁을 하고 싶어하는 것 같아."

"냐옹, 뭣 때문에 그런 하찮은 일에 목숨을 걸까요? 우리 고양이들은 하루 중 삼분의 이는 자야 해서 그런 데 매달릴 여유가 없어요. 사람들에게 사랑받은 만큼 나도 사랑하면 날마다 마음 편히 행복하게 살 수 있는 걸요!
  더구나 우리는 14년밖에 살 수 없으니 다른 고양이보다 더 행복해지기 위해 추한 전쟁 따위나 하고 있을 수는 없어요. 맛있는 거 먹고, 때때로 이렇게 당신 같은 관광객을 만나 수다도 떨고, 좋아하는 나무 오르기 하면서 내 맘대로 자유롭게 돌아다니는 편이 훨씬 행복해요! 슐리만처럼 되고싶다는 것도 다 부질없는 꿈이죠. 그럼 저는 즐거운 꿈이나 마저 꿔야겠어요."
  슈톨렌 고양이는 보란듯이 긴 꼬리를 위로 세우고, 더없이 안락한 자세로 그렇게 말하고는 낮잠 잘 시간이 되자마자 블루모스크의 그늘에 숨어 쌔근쌔근 잠들었다.

제2장
## 여행의 길동무, '인생의 동행자'
A agreeable companion on the road is as good as a taxi

아침의 호텔 로비는 체크아웃을 하려는 숙박객으로 북적였다. 얼마 뒤, 한바탕 그들이 나가고 나니 안내 데스크의 카운터 너머에 서 있는 까만 양복 차림의 매니저가 보였다.

양복 윗주머니에 달고 있는 이름표가 눈에 들어왔다. '쿠빌라이'라고 쓰여 있었다. 혹시나 하는 호기심이 발동한 나는 매니저 앞으로 다가가서 물었다.

"저, 실례지만, 쿠빌라이라면 칭기즈칸과 관련된 그 '쿠빌라이'인가요?"

"예, 그럼요!"

"어머, 신기해라! 그럼 쿠빌라이라는 이름은 이 나라에서는 드문 이름인가요? 아니면, 흔한가요?"

나는 내리 물었다.

"드물어요. 저도 이제껏 세 명밖에 만난 적이 없으니까요."

다른 터키인 직원과 달리 우리와 비슷하게 생긴 동그스름한 얼굴로 빙긋 웃으며 그가 대답했다.

이런 밑도 끝도 없는 대화만으로 벌써 친근한 마음이 든 나의 표정을 알아챈 작가가 내게 말했다.

"그 친구한테 트로이까지 가는 좋은 방법이 있는지 좀 물어보면 어떻겠소?"

그게 좋겠다고 생각한 나는 당장 쿠빌라이의 피를 이어받은 그에게 물었다. 그러자 뜻밖에 찾아가기 쉬운 길을 알려주었다.

우선 차낙칼레까지 버스로 간 다음, 거기서 하룻밤을 자고 다음날 택시를 불러 트로이로 가면 된다는 것이다. 쿠빌라이 씨는 차낙칼레 출신으로 지금도 그곳에 친가가 있다고 하니 확실한 정보일 것이다.

나는 작가를 호텔에서 기다리게 하고, 탁심광장 한쪽에 있는 버스 회사 사무실로 가서 다음날 아침 열 시에 출발하는 차낙칼레행 버스 티켓 두 장을 예매했다. 마흔 살쯤 되어 보이는 남성 직원은 인상이 좋다, 나쁘다 할 수 없을

만큼 사무적인 태도로 응대를 한 뒤 버스 티켓을 건네주었다. 세계 곳곳을 여행했지만 나 스스로 티켓을 사 보기는 처음이었다. 어디를 가든 처음부터 끝까지 여행박사인 작가가 도맡아서 다 해주곤 해서 조금 긴장되었지만, 막상 해보니 쉽게 끝나서 마음이 홀가분했다.

　어릴 적, 엄마가 처음으로 심부름을 시켰을 때, 드디어 막내인 나도 언니들처럼 어른이 된 듯한 마음이 들었는데, 그때와 비슷한 묘한 뿌듯함을 느끼며 호텔로 돌아왔다.

　다음날 밤 묵을 호텔 예약까지 마치고 나니, 마침내 차낙칼레로 가는 준비가 다 되었다.

　이튿날 아침에 탄, 이스탄불에서 차낙칼레로 가는 버스는 우리 두 사람을 빼고는 모두 터키인 승객으로 만원이었다.

　화창하게 갠 날의 버스 여행은 어쩐지 가슴을 설레게 하는 정취를 자아낸다. 해협의 파란 바다 풍경을 멀리 바라보면서 버스는 파릇파릇한 보리밭을 가로지르며 달렸다.

　먹음직한 열매를 매단 무화과와 올리브, 아몬드 나무가 빽빽이 자라고 있는 전원 풍경이 어디까지고 끝도 없이 이어져 있었다. 과연 농업대국 터키의 깊은 속살을 보는 듯한 느낌이 들었다.

문득 언젠가 크레타섬의 크노소스에서 오래된 유적의 돌 틈 사이로 파릇한 보리 이삭이 싹을 틔우고 있는 걸 보았을 때의 감동이 되살아나서 나도 모르게 중얼거렸다.

"여기는 정말 풍요로운 땅이네요!"

"암, 그렇고말고! 본디 고대 그리스제국의 번영을 지탱해준 것은 이 풍요로운 터키해안, 에게해와 지중해, 그리고 흑해로 이어지는 식민도시들에서 수확된 대지의 은혜였으니까. 내일 우리가 가는 트로이도 그 도시 가운데 하나요."

나는 풍요로운 대지를 달리는 버스에 흔들흔들 몸을 맡긴 채, 고대 제국과 식민지에 대한 생각에 잠겼다. 그렇게 얼마나 시간이 지났을까, 둘이 말없이 가만히 생각에 잠긴 사이, 버스 창밖의 풍경은 전원을 벗어나 활기 넘치는 항구도시로 바뀌어 있었다. 어느덧 차낙칼레에 도착한 것이다.

차낙칼레는 유럽과 아시아를 가르는 다르다넬스해협의 중심도시다.

제1차세계대전 때는 군사적 요충지인 이 해협을 제패하려고 이 도시 맞은편에 있는 겔리볼루반도에서 당시의 오스만터키가 영국과 치열하게 싸웠다. 이때 대활약을 펼친 인물이 케말 아타튀르크였는데 그 격전지에 세워진 기념비에 적힌 그의 글이 감동적이라고 작가는 감탄했다. 그 내용은 이렇다.

"……이곳에 스러진 영국인, 터키인 사이에 다를 것은 없다. 저 멀리 떨어진 나라에서 아들을 보낸 어머니여, 그만 눈물을 닦으시오. 이제 여러분 아들은 우리 가슴 속에 잠들어 있다오…… 이 땅에서 목숨을 잃은 그들은 이제 우리의 아들들이오…….

유목민의 생사관을 이토록 잘 전하다니!

나는 바로 며칠 전에 이스탄불의 과자 가게에서 주인이 자랑스레 보여주었던 그 빛바랜 사진 속의 케말 아타튀르크를 떠올렸다.

일본 여행사를 통하지 않고 무작정 현지에서 자력으로 여행을 하려면 숙박할 곳을 찾는 데도 문제가 생긴다. 기껏 예약을 했는데도 방이 잡혀 있지 않거나 별 세 개로 등급을 붙여 놓은 호텔도 막상 가보면 터무니없이 열악한 곳이 있다.

우리가 전날 예약하고 찾아간 차낙칼레의 호텔이 그랬

다. '트로이 목마'라는 이름에 이끌려 예약한 호텔이 청소는 고사하고 객실상태조차 엉망이었다. 그렇다고 컴플레인 따위로 마냥 시간을 보낼 수도 없어서 대충 정리한 채 하룻밤 지내기로 했다. 그리고 다음날 아침 트로이 방면으로 갈 택시요금을 합의하고 대절택시를 예약했다.

아침 아홉시쯤, 서글서글해 보이는 택시기사가 흰색 택시 앞에서 우리를 기다리고 있었다. 조수석에 다섯 살쯤 되어 보이는 여자아이가 오도카니 앉아 있어서 기사에게 무슨 영문인지 물었다.
"아, 트로이 관광 가실 거죠? 손님이 두 분뿐이니 아이를 태우고 가도 될 것 같아서요. 제 딸이에요."
기사는 조금 멋쩍은 표정이기는 했지만, 이런 일은 종종 있는 일이라고 당당히 덧붙이는 것이었다.
나는 어이가 없다 못해 불쾌한 마음까지 들었다.
"예전 멕시코에서도 이런 일이 있었지."
작가는 아무렇지도 않은 얼굴로 웃으며 말했다.
트로이 유적은 외진 곳에 있다. 거기서부터 다음 예정지인 아소스까지 가려면 거리가 꽤 된다. 우리는 가장 이름난 관광지를 둘러보기 위해 택시를 대절한 것이다. 아마도 택시는 돌아올 때는 빈 차로 오게 될 것이다. 터키의 지방 도시에서 열심히 일하며 가족을 부양하는 택시기사가 모처럼 딸에게 소풍 기분을 느끼게 해주고 싶었나보다고 생각하니 조금 전 들었던 불쾌한 마음은 온데간데없이 싹 날아갔다.

운전석에서 핸들을 잡고 있는 아빠와 그 옆에 앉아 있는 딸을 뒤에서 보고 있자니, 정말 먼 나라에 와 있구나 하는 실감이 났다. 따사로운 봄볕 아래 뒷좌석 깊숙이 우리를 실은 택시는 차낙칼레를 뒤로 하고 트로이로 향했다.

### 제3장
# 트로이와 『일리아스』와 '30센티미터의 높이'
Witnesses buried away shall show themselves someday

　트로이 유적은 현재 터키에 있지만, 서양문학에서 가장 오래된 서사시로 일컫는 『일리아스』가 쓰인 기원전 900년경, 이 지역은 그리스였다. 정확하게는 서그리스인이 동쪽으로 이주, 식민하여 만든 나라다. 그 무렵 그리스문화는, 서쪽은 마르세유에서 지중해의 사르데냐섬, 남쪽은 크레타섬, 동쪽은 에게해와 흑해 연안지역에까지 미치고 있었다.

　작가 호메로스는 그리스문화권 각지에서 개최되는 여러 연회에서 키타이라라는 수금에 맞춰 이 장대한 서사시를 음송했다고 한다. 일본에서 『헤이케 이야기』●를 비파

● 13세기 초에 성립한 작자 미상의 군담소설

로, 또 아이누의 『유카라』●를 돈코리라는 현악기에 맞춰 부르는 것처럼.

『일리아스』는 기원전 13세기 즈음에 있었다는 트로이 전쟁의 전모를 그로부터 약 사백 년 후에 서사시로 완성한 것이다. 신화와 전쟁담이 뒤섞인 단순하고 황당무계한 이야기처럼 보이지만, 내용을 보면 시사하는 바가 많은 심오한 세계가 펼쳐져 있다.

여신의 장난으로 인간사회가 카오스에 빠져 대전쟁의 참극을 겪는다.

대지와 별이 빛나는 하늘을 나는 인간의 아들이 연달아 닥쳐오는 난관을 어찌 이겨내는지, 병사들이 죽을 때까지 시험을 당했다.

그리스 신화의 신들은 전혀 신답지 않다. 감정도 인간과 조금도 다르지 않다. 질투와 시새움, 불안, 희로애락을 가지고 있다. 게다가 신은 영원히 죽지 않는 존재이므로 헤아리기 어려운 모순으로 가득 차 있다.

그 신들과 '생로병사'의 숙명을 지닌 인간의 향연을 우리는 그리스문학에서 발견한다.

● 아이누족의 구전 민족서사시

"그리스문학은 인간의 운명과 국가가 대치하는 구도를 지닌다. 국가는 정치라는 매체를 통해 개인의 운명을 무겁게 짓누른다."

이 인용문은 작가가 자신의 창작노트에 적은 글인데, 나의 문학예술과 인간세상을 이해하는 키워드와 상통한다.
『일리아스』에 묘사된 시대는 작가 호메로스가 살았던 시기보다 몇 백 년을 거슬러올라가며, 개인보다 집단과 씨족 중심사회였다. 그리스문학에서 빈번히 국가와 대치하는 개인으로서의 데모스(작은 인간)가 등장하는 것은 호메로스가 살았던 시대보다 오백 년이나 지난 후, 아테네에서 민주정체가 영위되었던 때다.

『일리아스』의 세계를 들여다보자.
동방 그리스 트로이의 왕자 파리스가 서방 그리스로 여행을 갔다. 파리스는 사랑의 여신 아프로디테의 도움으로 스파르타 국왕 메넬라오스의 왕비 헬레네를 꾀어 자기 나라로 데리고 온다. 격노한 메넬라오스 왕은 분을 참지 못한다. 왕의 형인 서방 그리스의 패권자 아가멤논 대왕은 주변 소국의 군주들을 부추겨서 동방 트로이에 대원정전쟁을 벌인다. 타국의 한심한 국왕이 빼앗긴 왕비를 되찾아 오는 전쟁에 소국의 군주들이 가담한 것은 이 전쟁을 약탈의 기회로 생각했기 때문이었다. 약탈의 대상은 재물과 여자였으며, 아가멤논 대왕은 이러한 속셈을 누구보다도 강하게 가지고 있었다.

십 년에 걸친 전쟁 동안 아킬레우스와 아폴론, 오디세우스, 카산드라 등 영웅과 신, 지자智者, 예언자의 활약이 기라성처럼 펼쳐졌다가 사라진다. 화려한 역을 맡은 영웅들은 뜻밖에도 모두 여인에 의해 덧없이 목숨을 잃는다. 전쟁중, 여인의 강인함은 영웅의 치열함 못지않다.

작가는 언제나 자신이 되돌아갈 원점의 하나로서 그리스문학을 보물처럼 소중히 여겼다. 특히 '롱기누스'(AD 1세기)의 『숭고에 관하여』는 대학 졸업논문 주제로 다룬 이래 평생 관심을 놓지 않았다. 60대에 들어서 번역을 완성하는 한편, 마침내 롱기누스와 자신의 공저까지 집필해 냈다. 『일리아스』 번역에 착수했던 작가의 마지막 미완소설 『강』의 끝부분도 주인공의 중부와 백부가 『일리아스』에 대해 논쟁을 벌이는 장면이다.

건강이 좋지 않은데도 무거운 몸을 이끌고 나에게 꼭 보여주고 싶다고 고집을 부려 함께 찾은 이 트로이야말로

『일리아스』의 현장이었던 것이다.

　오랜 세월, 세상에 널리 전해 내려오는 '트로이 목마'를 눈앞에 두고 보니 가슴에 잔잔한 물결이 일었다. 이 '트로이 목마'는 같은 제목의 할리우드 영화를 찍기 위해 만든 것으로, 영화 촬영이 끝난 뒤 이곳 트로이 유적 입구에 가져다 놓은 것이라고 하는데, 나는 그 영화를 보지는 않았다. 작가는 시시하게 재현해 놓은 모형의 말 따위는 안중에도 없는 듯했다.
　목마는 안에서 바깥을 내다볼 수 있도록 조그만 창문이 달려 있었다. 나는 아이들처럼 호기심에 이끌려 목마 안으로 들어갔다. 내부에는 제법 높은 계단이 설치되어 있었는데, 나는 창문이 있는 곳까지 단숨에 올라갔다. 조그만 창문으로 밖을 내려다보니 후드가 달린 감색 롱코트 차림으로 나를 기다리며 서 있는 작가가 마치 소인처럼 작게 보였다.
　목마 내부는 아무것도 없는 휑뎅그렁함 그 자체였다. 나는 이걸 안중에도 두지 않았던 작가의 마음을 알 것 같아서 얼른 밖으로 나왔다.
　『일리아스』의 영웅 오디세우스는 트로이전쟁 후 지중

해 전역을 표류한 대모험가로, 그 모험을 다룬 이야기가 호메로스의 또 다른 작품 『오디세이아』다. 그러나 이 큰 공적을 세운 영리한 장수 오디세우스는 사람을 속이는 간계를 꾸미는데 천재적인 인물이기도 하다.

 오디세우스는 전쟁에 항복한 것으로 위장하여 트로이에 목마를 선물로 보내는데, 그 목마 안에 자기 병사를 잠입시켜 승리에 취한 적국을 기습했다. 작가는 이를 잊지 않는다.

 『일리아스』에서 작가가 주목하는 부분이 또 하나 있다. 거의 십 년에 걸친 전쟁 동안, 그리스군은 끊임없이 군대를 모으고 회의를 한다. 전쟁이 오래 지속되면 전쟁을 혐오하는 분위기가 만연하여 반란이 일어날 가능성이 생긴다. 그러나 전쟁은 아직 진행 중이므로 지휘관은 어떻게든 전쟁을 유지할 계략을 도모한다.

 병사가 없으면 전쟁을 지속할 수 없음을 잘 아는 총대장 아가멤논은 회의를 연다. 그리고 이제 전리품도 충분히 거두었을 테니 이쯤에서 전쟁을 멈추면 어떠냐는 제안을 한다. 그것은 아가멤논의 본심이 아니고 그저 병사들의 심리를 떠보기 위한 것이었는데, 그때 "맞소! 전쟁을 멈추고 본국으로 돌아갑시다!"라고 얼른 받아들인 순진한 병사가 있었다. 테세우스였다. 이 테세우스를 지팡이로 때려서 모두의 웃음거리로 만든 것이 오디세우스다. 그 광경을 지켜보고 있던 동료 병사들은 오디세우스의 악행을 말리기는커녕 동조하고 박수갈채를 보내며 전쟁을 계속할 의욕을 보였다.

호메로스가 살았던 시대에는 훗날의 아테네시대와 같은 데모스의 힘이 아직 자라지 않았던 것을 작가는 실제 전쟁으로부터 사백 년 후에 창작된 이 이야기를 통해 깊이 깨달았다.

'힘'이라는 말은 그리스어로 '크라토스'다. 데모스 크라토스란 데모크라시의 어원이다. "그만 전쟁을 멈추고 돌아가자."라고 한 병사는 데모스다. 그리고 오디세우스에게 동조한 병사들도 데모스지만, 이 데모스는 함께 전쟁을 멈출 용기도, 스스로의 의견을 갖지도, 작은 힘을 결집할 방책도 갖지 못한 채 그저 커다란 인간의 의향에 따르고 복종했다.

데모스가 스스로의 '힘'을 자각하고, 그것을 믿고 발휘하는 '민주주의'가 이 시대에는 아직 없었던 것이다. 『일리아스』에 끊임없이 등장하는 영웅의 이야기는 저 모형의 목마처럼 작가에게는 아무래도 좋은 것이었다. 이야기의 주제는 아가멤논 왕의 비열한 야욕에 대한 아킬레우스의 분노다. 그의 분노로 인한 아폴론의 화살이 정작 아가멤논을 맞히지 못하고 데모스인 병사들을 맞힌다. 그들은 불 타 죽은 시신으로 개와 새의 먹이가 되었다. 작가의 마음을 끈 것은 이 데모스 이야기였다.

"이 이야기를 읽고 있으면 오히려 작은 인간의 힘을 느끼지 않을 수가 없소!"라고 작가는 말하곤 했다. 이 말은 화려하고 현란한 이야기의 구조물 안에서도 사물의 본질을 놓치지 않고 꿰뚫어보려 한 작가의 문학관 그 자체가 아니었을까!

트로이 유적은 기원전 3000년 전부터 여러 층에 걸쳐 쌓아올린 오래 된 성새 터에 있다. 그 옛날 오랜 역사 속 전장은 몇 천 년에 걸친 인간의 문명과 역사의 퇴적을 지켜봐 왔을 것이다. 무너져가는 성의 돌더미뿐만 아니라 유적의 와륵은 전쟁의 기억으로 이어진다. 석회질인 듯한 흰 흙을 밟으며, 길게 이어지는 유구의 길을 따라 걷자니 몇 번이나 성벽에 부딪쳤다. 어느 때는 정면에서, 또 어느 때는 굽은 길모퉁이에서. 마치 극장의 무대소품이기라도 한 것처럼 계속 의표를 찌르며 우리 앞에 나타났다.

얼마쯤 걸었을까, 마침 올리브나무 아래 있는 나무벤치를 발견하고 앉으려는데 어디선가 불쑥 잿빛에 검은 줄무늬가 그려진 커다란 고양이가 나타났다. 고양이는 나의 존재는 무시하고 벤치 옆에 서 있는 작가의 주변을 적당한 거리를 두고 어슬렁거리기 시작했다. 고양이를 의식한 작가는 가까이 다가오는 고양이의 등을 다정하게 쓰다듬어주면서, "어디, 안아줄까!" 하듯 두 손으로 고양이를 능숙하게 안아 올렸다. 그 동작이 어찌나 민첩하고 부드러운지 고양이는 순식간에 작가의 두 팔에 안겨 있었다.

"여기는 고양이가 많이 사네. 슈톨렌 고양이도 여기 살았던 것 같고, 넓어서 그런지 느긋하고 평온해 보여요!"

내 말을 가로채기라도 하듯 고양이가 끼어들었다.

"냐옹, 제 이름은 베헤렌이에요. 당신들은 아시아에서 온 분들인가요? 제 이름은 아시아에 있는 일본과 얽힌 사연이 있어요. 예전에 우리 할머니를 기르던 주인이 그리스 사람인데요, 그 분은 한때 세계적으로 활발했던 베트남전쟁 반대운동의 유럽 주요인물 중 한 사람이었어요. 그때 알게 된 일본인 작가한테서 '베헤렌'●이라는 이름의 반전평화운동이 일본에도 있다는 얘기를 듣고 함께 반전운동

● "베트남에 평화를!" 시민연합

을 했다고 했어요.

 당시 유럽이나 미국에서는 작가와 학자들이 일찍이 반전의 목소리를 높였던 것 같은데, 아시아 나라인 일본에서도 마찬가지로 평화를 위해 힘써 투쟁하는 사람이 있다는 사실에 그분이 크게 감명받았다는 얘기를 우리 할머니한테서 들었어요. 그때 주인이 할머니한테 지어준 이름이 '베헤렌'이래요. 그러니까 저는 '베헤렌 3세'인 셈이죠. 하지만 친구들은 '아우프헤벤'이라는 독일말로 잘못 알아듣기도 해요."

 고양이는 지금 자기를 안고 있는 사람이 정작 그 당사자인 것도 모르고, 묻지도 않은 자기 이름에 얽힌 사연을 길게 늘어놓았다.

 작가는 이때, 예전에 스페인 시민전쟁에 참전했던 R이라는 그리스인이 베트남전쟁 중에 탈주해 온 미군 병사를 돕는 베헤렌 운동에 협조를 아끼지 않았던 사실이 생각났다고, 나중에 아소스로 가는 택시 안에서 나에게 말해 주었다.

 R과 이 베헤렌 고양이 할머니의 주인이 같은 인물인지는 알 수 없다. 그러나 일본과 멀리 떨어진 트로이 땅에서 뜻밖에도 베헤렌이라는 추억 어린 말을 듣고 보니 그 무렵

함께 싸웠던 잊지 못할 친구의 얼굴이 눈앞에 떠올랐다고 했다.

"냐옹, 당신도, 혹시 작가예요?"

"응."

"냐옹, 어쩐지! 하는 걸 보면 다 드러난다니까!"

"하는 게 어떻길래?"

"냐옹, 그야, 뭔가 난해한, 풀리지 않는 고민이라도 있는 듯한 눈빛으로 서 있으니까요!"

"하하, 말 한번 잘하는 고양이로군!"

"냐옹, 이런 오래된 전쟁터를 찾아오다니, 당신도 예전에 뭔가 전쟁하고 인연이라도 있었나요? 혹시 베트남전쟁? 아니면……."

"나는 말이야, 이상한 말이지만, 깨진 기와나 벽돌 조각이 쌓인 거라든가 불그스름한 갈색으로 퇴색한 대지를 보면 뭔가 긴장이 풀리는 느낌이 들어. 그렇다고 내가 파괴를 좋아한다는 말은 아니고, 내 정신의 원초적 체험과 깊이 관련되어 있다는 말이야."

"냐옹, 원초적 체험이요?"

"'30센티미터의 높이'를 말하는 거야."

"냐옹, '30센티미터의 높이'라니? 점점 더 어려운 말만

하네요. 무슨 말이에요?"

"내가 어렸을 때 일본과 미국이 전쟁을 해서 1945년 8월 15일에 일본은 미국에 패했어. 그런데 그 전날 밤인 8월 14일에 미국은 내 고향 오사카에 맹폭격을 퍼부어서 거리가 초토화되었지. 그 후, 무너진 건물이며 집의 부서진 벽돌과 깨진 기왓장, 그리고 인간의 시체가 길바닥에 쌓여서 거리 어디를 둘러봐도 원래 있던 땅보다 30센티미터쯤 높아진 거야. 나는 이 '30센티미터의 높이'에 내내 마음이 쓰여서 생각하고 또 생각했지. 그래서 깨달은 것이 이 '30센티미터의 높이'에 전쟁이 꽉 차 있다는 것이야.

자네, 알고 있지? 나일강이 범람했던 것. 나일강도 그렇지만 중국의 황하도 늘 범람해서 대량의 흙이 하류에 쌓이는 퇴적을 일으키지. 그 퇴적된 땅이 거름이 되어 그 지역에 사는 인간의 문명과 역사를 형성해. 전쟁의 폐허지도 마찬가지야. '30센티미터의 높이'는 많은 것을 삼키고 퇴적되어 있어서 불가사의한 힘을 가지고 있어.

그리고 그 30센티미터 높이의 흙냄새. 냄새의 기억도 전쟁과 연관이 있어.

공습으로 불 타 죽은 인간의 그을린 시신의 냄새. 이건 '연어 통조림'과 비슷한 냄새가 나서 나는 지금도 연어 통조림을 못 먹어. 그 불에 탄 사람은 바로 전날까지 이웃으로 보던 사람들이야. 맞춤 양복점에 가면 얼굴과 팔다리가 없는 토르소가 있지? 그런 모습을 한 불 탄 시신들이 겹겹이 쌓여 있는데, 그걸 중학생인 우리가 치워야 했어.

일본이나 미국이나, 나라의 지도자는 다음날이면 전쟁이 끝날 거라는 걸 알고 있었어. 그런데도 이웃집 아저씨는 공습으로 불에 타 죽어야 했던 거야. 폭격은 전쟁을 일으킨 나라의 지도자를 향하지 않고 보통 사람을 향하지. 전쟁에서 죽임을 당하는 것은 언제나 데모스라는 걸 깨달았어. 나는 이 납득할 수 없는 '죽음'에 대해 오랜 세월 생각하고 또 생각했어. 그리고 그 생각을 정리해서 『'난사'●의 사상』이라는 책에 담았어.

그리고 전쟁 말기에는 정말 굶어 죽기 직전이었을만큼 도시에는 먹을 것이 없었어. 전쟁에 지고 난 후, 민주주의와 자유 세상이 되자, 그 '30센티미터의 높이' 위에 암시장이 생겼어. 그 덕분에 먹을거리를 자유롭게 구할 수 있게 되었지."

"냐옹, 왜 전쟁 말기에는 굶어 죽고, 전쟁이 끝나면 괜찮

---

● 난사難死: 전쟁이나 재난으로 인한 일반 시민의 무의미하고 부조리한 죽음. 작가 오다 마코토의 조어

은 거죠?"

"그건 전쟁이 시작되면 보통 사람의 생활보다 군인의 생활을 우선하기 때문이야. 특히 말기가 되면 모든 물자는 군대로 다 가져가지. 전쟁이 끝나서 평화가 오지 않는 한, 보통 사람은 자유로이 물자를 구할 수 없어.

또 전쟁은 일단 시작되면 도중에 멈추기가 어려워. 점점 수렁 속으로 빠져서 나올 수 없게 되지. 보통 사람(보통의 군인도 포함하여)이 아사 직전이 되도록 말이야.

전쟁이라는 건 말이지, 적이 가장 싫어하는 것, 가장 고통스럽게 느낄만한 것을 상대에게 하는 거야. 그건 자기가 가장 당하고 싶지 않은 일이기도 하지. 바꿔 말하면, 상대방이 자기와 같은 몸과 마음을 지닌 사람이라는 것을 인정하면서, 그걸 무시하기 때문에 할 수 있는 일이야. 상대방이 자신에게 소중한 사람이라면 전쟁 따위는 할 수 없을 테니까."

"냐옹, 인간은 환자네요, 중병에 걸린 환자!"

"환자?"

"냐옹, 적을 만들어 증오심을 부추기지 않고서는 전쟁을 할 수 없는 것 같은데요? 전쟁을 하려면 적이 있어야 하죠? 전쟁이란 게 그렇게 멋진 일이에요? 마지막에는 파괴밖에 없는데? 돈도 있어야 하고, 전혀 행복하지도 않고, 좋은 거라곤 하나도 없는데요!"

"암, 지당하신 말씀! 하지만 전쟁에서 돈을 버는, 득을 보는 자의 야욕이 사라지지 않는 한, 인간은 이 어리석은 짓을 되풀이할 거야. 바로 이 트로이 전장에서 벌어진 일만 살펴봐도 어리석기 이를 데 없지."

작가는 고양이 베헤렌을 무릎 위에 올리고 가만히 뺨과 얼굴을 쓰다듬으며 말했다. 고양이를 안고 앉아 있는 작가의 눈앞에 녹색 보리밭이 멀리 에게해 앞까지 펼쳐져 있고, 그 밭 한가운데 농부가 소를 끌고 밭을 갈고 있었다. 한 폭의 그림을 보는 듯 평화롭고 목가적인 풍경이었다.

트로이전쟁 중에도 이 주위에서는 저 농부처럼 밭을 갈 사람이 필요했을 것이다. '배를 곯으면 전쟁을 할 수 없었을 테니……'

나는 조금 높은 언덕에 세워진 성벽 사이로 저 멀리 반짝이는 짙푸른 에게해를 바라보았다. 그때 작가가 나지막이 중얼거리는 소리가 들렸다.

"저기 좀 보오. 저 연안 주위에 늘어서 있는 집이며 상점이 보여주는 실루엣이 마치 그 옛날 트로이 성새를 공격해 온 미케네와 스파르타, 그리스군 군선이 줄지어 늘어서 있는 것 같구려."

『일리아스』의 마지막 클라이맥스는 그리스의 영웅 아킬레우스가 트로이 왕자를 쏘는 장면이다. 그 장면을 마침내 멸망해서 노예가 되어 그리스로 끌려가는 운명이 된 트로이 왕조의 늙은 왕과 왕비, 다른 여인이 다 함께 이 성새의 언덕에서 지켜보았을 것이라며 작가는 역사의 장면 속으로 빠져들어 깊은 감회에 젖은 듯했다.

잠시 말이 없던 고양이 베헤렌은 작가의 무릎에서 일어나 발 아래로 미끄러져 내려오는가싶더니 날렵하게 몸을 돌려 처음 나타난 풀숲으로 달려갔다.

### 제4장
## 하오●의 에게해

The Aegean Sea in the afternoon

〈전략〉
……마치
해 저문 뒤 장밋빛 손을 가진 달님이 나와

모든 별 빛을 앗아간 듯. 떠오르는 달은
짠 바다 수면 가득 꽃이 핀 듯 들판 위에
반짝이는 은빛을 흠뻑 뿌리네.

백로 구슬 되어 땅에 떨어지니
장미는 우아한 방향초, 또
촉촉이 젖은 연꽃 방긋 웃네.

「사포」,기원전 7세기, 사포/구쓰카케 요시히코沓掛良彦

● 하오下午: 오후 두 시

아직 해가 높이 떠 있는 한낮을 막 지난 무렵에 도착한 아소스의 호텔은 작은 시골 항구의 해안 가까이 있었다.

3층의 석조호텔은 뒤에 있는 바위산 옆구리에 매달려 있는 것처럼 세워져 있었다. 차낙칼레에서 타고 온 그 딸아이를 태운 택시는 우리 두 사람을 이곳에 내려주고 곧바로 돌아갔다.

여행가방을 내려놓기 바쁘게 작가는 내 손을 잡아끌다시피 선착장으로 향했다. 레스보스섬을 보기 위해서였다. 서양 최고最古의 여성 시인 사포를 낳은 레스보스섬은 에게해의 이 특별할 것 없는 소박한 항구의 눈앞에 듬직하게 떠 있었다. 플라톤이 열 번째 시의 여신 '무사Musa'라고 일컬은 시인 사포Sappho. 고대 그리스에는 아홉 명의 뮤즈가 있었다고 하는데, 사포는 플라톤에 의해 열 번째 뮤즈로 일컬어졌다.

지금으로부터 약 2,600년 전, 레스보스섬은 당시의 그리스 세계에서는 드물게 여성에게도 높은 교양과 자유로운 활동이 허용되었다고 한다. 풍요로운 자연과 비옥한 토양을 지닌 이 섬은 에게해의 진주라고 불렸으며 미인이 많은 곳으로도 널리 알려져 있었다.

사포는 부유한 집안의 아들과 결혼하여 딸 하나를 낳았

으나 남편이 일찍 세상을 뜬 뒤에는 여성에게 음악과 시를 가르치는 모임을 주재하면서 많은 시를 썼다. 그녀의 시는 자신이 키워낸 전아한 취향을 발산하는 아름다운 낭자를 향한 연심과 질투, 그리고 성인이 되어 출가하는 딸에 대한 이별의 슬픔과 시름을 솔직하게 노래한다.

고르고 고른 레스보스섬의 방언으로 써내려간 그녀의 시어는 하나하나 얄미우리만큼 간결한 아름다움으로 넘친다. 단순하면서도, 얼핏 보아서는 알기 힘든, 놀랄만큼 복잡한 기교가 담겨 있다. 지나친 꾸밈을 싫어한 사포의 시는 고아하고 매력적이다.

고대 그리스의 서정시는 수금이나 피리 반주와 함께 음송되었으므로 사포는 빼어난 음악가이기도 했다.

당시의 여성에게는 지금처럼 남성과 같은 시민적 권리가 주어지지 않았기 때문에 사회적 지위나 교양이 낮았다. 대부분의 여성은 가사와 아이를 낳는 도구로만 받아들여졌을 뿐 남성의 진정한 반려가 될 수 없었다. 그런 까닭에 남자들 사이의 애정이 발달했을 것이다. 남성들은 남성간의 동성애를 무엇보다도 더 존귀한 것으로 여겼던 듯하다. 플라톤의 『향연』에 나오는 사랑이 그것이다.

남성이 모인 공공장소에서 활동할 수 있는 여성은 연회

석의 보조적인 존재로서 피리나 수금을 연주하거나 헤타이라라고 불리는 교양 있고 긍지 높은 기생 정도였다.

"이 시대, 야외극장이나 원형경기장에 모습을 드러낸 미소년은 오늘날 사교계에 데뷔한 미소녀와 같은 정도의 주목을 받았을 것이다."

고대 그리스문학 연구자 고즈 하루시게高津春繁의 이 설명만큼 그 옛날 옛적의 고대 아테네로 나의 상상력을 이끌어주는 것은 없다.

신분이 높은 교양 있는 남성일수록 아름다운 여성보다 미소년을 사랑했다고 하니 당연히 남녀의 순수한 연애 관계가 이루어지기 어려웠던 것이다.

내가 좋아하는 사포의 시는 앞에 소개한 것 외에도 몇 작품이 있다. 예를 들면 이런 시다.

  저녁별은
  빛나는 아침이 온 세상에
  뿌려 놓은 것을
  모두 제자리로
  데려가네
  양을 데려가고,

산양을 데려가고,
엄마 손에
아이를 데려가네

**『증보 그리스 서정시선』, 1952년/구레 시게이치吳茂一**

사람도 자연도 긴 하루의 노동이 끝나고 휴식의 저녁때가 찾아왔다는, 어딘가 모르게 동양의 정서에 맞는 고상하고 우아한 한 폭의 산수화를 떠올리게 하는 정취가 듬뿍 느껴진다.

사포의 시는 남성에 대한 사랑보다 여성에 대한 연모와 사랑을 노래한 것이 대부분이라고 하지만, 현존하는 시는 '구우일모'에 지나지 않는다. 그런 단편적인 시만으로도 그녀의 시 정신은 영원한 아름다움과 격정으로 사람의 마음을 흔든다.

또 한 편, 내가 좋아하는 시가 있다.

가장 아름다운 것

어떤 이는 말을 다루는 기병이, 어떤 이는 대열을 이룬 보병이,
또 어떤 이는 대오를 갖춘 군선이야말로 이 어두운 세상

에서
가장 아름답다 하네. 그러나 나는 말하네.
사람이 사랑하는 것이야말로 더 없이 아름다운 것이라고.
<후략>

『사포』, 기원전 7세기, 사포/구쓰카케 요시히코沓掛良彦

 사포가 살았던 시대, 남자는 외국과의 전쟁에 세월을 보내면서 가정은 돌보지 않았다. 사포도 정정 불안으로 몇 차례나 국외 추방을 당하고 시실리섬에서 유배생활을 한 적도 있다.
 고대 그리스인이 좋아한 말은 '세계에서 가장 뛰어난 것은 무엇인가?'였다고 하니 그 만족을 모르는 향상심, 경연, 경쟁의 정신은 그야말로 혈기왕성했을 것이다. 오늘날에도 이어지고 있는 올림픽 축제는 사포 시절에 이미 시작된 지 200년을 넘기고 있었다. 상무를 존중하는 남자들은 날마다 김나지움에 다니면서 경기를 위해 몸을 단련했다. 그 단련된 육체는 올림픽 축제만이 아니라 머지않아 기병이나 보병, 군선의 우수한 조타수가 되어 전장으로 흩어졌다.

사포는 시에서 이 지상에서 가장 아름다운 것은 사랑이며, 전쟁보다 사람을 사랑하라고 말하고 있는 것이다.

얼핏 아무 특별할 것도 없는 시골 항구 바다 건너에 떠있는 저 레스보스섬이 작가에게는 동경과 경외를 일으키는 존재였다는 사실이 새삼 내 마음을 울린다.

터키 에게해 연안에 있는 세계적인 고대 그리스 유적이라면, 페르가몬이나 에페소스가 그 규모로 볼 때 더할 나위 없는 관광지일 텐데 작가는 왜 이런 시골의 작은 어촌 항구, 아소스로 나를 데려왔을까, 전혀 짐작이 가지 않았다. 작가에게는 일종의 여행 스타일이 있어서 어디든 발을 들여놓는 데는 나름의 이유가 있다. 이번에도 틀림없이 레스보스섬을 건너편에서 바라봄으로써 뭔가 확인하고 싶은 것이 있었을 것이다. 나는 오르페우스의 전설로 채색된 시와 음악의 섬 레스보스를 지척에서 건너다보며 그런 생각을 하고 있었다.

"이건 사포라오!"

아소스에 오기 전에 이스탄불 박물관에서 뜻밖에 사포의 흉상을 발견한 작가는 내 귀에 대고 속삭였다. 흉상의 제작년도를 보니 로마시대에 만들어진 조각이므로 실물과는 동떨어진 것이다. 사포는 자그마한 키에 약간 검은 피부를 가진 소아시아적 풍모의 여성으로, 결코 미인은 아니었던 것 같다고 나는 나중에 어느 책에선가 읽어서 알게 되었다.

박물관에서 본 사포에게서는 저 그리스 고전시대의 진지한 장대함은 느껴지지 않았다. 너무 도회적이고, 섬세하고, 어쩐지 장난기마저 띠고 있었다. 후대 로마인이 자신들의 기호에 맞게 만들어 낸 것일 게다.

사포는 그리스 고전을 공부하는 학생이 호메로스와 더불어 맨 처음 접하는 시인이다. 로마시대의 시인 카툴루스가 절찬하고, 후일 이탈리아 르네상스기와 프랑스 근대시인 보들레르에까지 큰 영향을 끼쳤다고 하는 시인 사포의 보기 드문 흉상을 우연히 발견한 작가는 그 기쁨을 짧은 한마디 말로 나에게 알려준 것이었다.

사포의 기개 높은 시심을 접할 때마다 언제나 떠올리게 되는 것이 16세기 조선시대를 살았던 여류시인 황진이의 시다. 짧은 생애 동안 많은 시를 남겼다고 하는데 오늘날까지 전해지는 시는 시조 여섯 수와 한시 여덟 편밖에 없다.

남존여비의 유교 사회를 살았던 여성은 신분 높은 양반 부인이라도 남성과 동등한 자유와 권리를 보장받지 못했다. 하물며 서민의 경우는 말해 무엇 하리.

　　학문과 교양이 높은 양반 사대부와 정신적 소통이 허용되는 사람은 오직 연회에 동석하는 유녀, 즉 기생뿐이었다. 황진이는 가무음곡에 뛰어나고 재색을 겸비한, 당시로서는 드물게 자유분방하게 살았던 여성이지만 기생 인생에 숙명적으로 따르기 마련인 '일기일회'의 만남과 이별의 슬픔을 잘 알고 있었다. 당대 일류의 문인 묵객과 동반자적인 관계에 있으면서 풍류의 극치로서 시작(詩作)을 공유했는데, 그 시는 남자들의 것을 뛰어넘는 호방하고 꾸밈없는 진솔한 시정이 넘친다. 이를테면 이런 시다.

| 반달을 노래함 | 詠半月 |
|---|---|
| 누가 곤륜산의 옥을 깎아다 | 誰斲崑崙玉 |
| 직녀의 빗을 만들었는가 | 裁成織女梳 |
| 견우와 이별하고 난 뒤로 | 牽牛離別後 |
| 부질없이 푸른 하늘에 던져두었네 | 愁擲碧空虛 |

「영반월」, 황진이

은하수가 나타나는 칠석날 밤의 달은 보름달이 아니라 반달이다. 반달을 여성의 머리를 빗는 빗의 형상으로 본 그녀의 상상력은 기발하고 대담하다. 게다가 그 빗은 평범한 빗이 아니고 세상에서 가장 귀하다고 여겨지는 곤륜산의 옥으로 만들어진 빗이다.

그 빗으로 은하수를 한 번 빗질하면 무수한 별 조각이 방울소리를 내며 땅으로 묘음을 전해 줄 것 같은 마음이 들게 하는 시다.

사포의 시가 나에게 황진이의 시를 떠오르게 하는 것은 기원전과 16세기, 그리스와 조선이라는 차이는 있지만, 두 사람 모두 내우외환의 시대에 여성집단 속에서 길러진 어떤 연대감을 공유하고 있었던 것, 비교할 대상이 없는 전아하고 아름다운 문재의 은총을 받은 것, 역경에 지지 않고 남성보다 더 기개 있는 삶을 살았던 것 등, 전설 속의 시인이었기 때문일 것이다.

바로 눈앞에서 레스보스섬을 전경으로 건너다 볼 수 있는 절호의 장소가 이곳, 아소스의 조그만 어촌이다.

고요하고 파도 하나 없는 벨벳과도 같은 연한 물빛 바닷가의 작은 어선 그늘진 곳에서 갈색 물체가 점점이 꼬물거리는 것이 보였다. 점점의 물체는 작가를 발견한 듯 이쪽으로 움직이기 시작했다. 가만히 보니, 고양이 무리였다. 모두 합해서 여덟 마리쯤이었을까? 고양이들은 햇살이 내리쬐는 선착장에서 한껏 우아하게 팔다리와 몸통을 이완시키며 느릿느릿 저마다의 포즈로 걸었다.

"또 고양이네. 여기는 정말 고양이 천국 같아. 그래도 그림이 되는 광경이네."

뜻밖의 광경에 목소리가 높아진 나는 카메라를 손에 들고 있는 작가에게 사진을 찍어달라고 했다.

작가는 우리가 1985년 서베를린에 살 무렵, 골동품 가게에서 우연히 발견한 1932년산 오래된 라이카를 보물처럼 지니고 있었다. 작가가 어릴 때 아버지가 애용하던 것과 같은 종류의 카메라였던 모양이다. 오래된 물건에 으레 따르기 마련인 고장으로 애를 먹이는 물건이었지만, 작가는 우연히 자기와 같은 해에 태어난 이 카메라에 특별한 애착을 가지고 있었다. 거리와 렌즈 조절을 일일이 수동으로 해야 하는 이 성가시기 그지없는 카메라를 평소 산책 때나 짧은 여행길에 소중히 목에 걸고 다녔다.

이번에도 마찬가지로 지니고 갔으나, 낡은 철제 카메라의 무게는 때로 감당하기 힘든 듯했다. 그래서 자주 가벼운 일회용 카메라를 함께 썼다.

지금에 와서 두고두고 후회되는 일이 있다. 나는 이 수동식 라이카의 사용법을 모른다. 라이카뿐만 아니라 작가가 애용했던 니콘이나 롤라이 카메라를 내 손바닥 위에 올려놔 본 적조차 없다. 베를린 시절에 태어난 딸은 중학생이 되었을 즈음 아빠가 애용하는 카메라의 사용법을 아빠한테서 직접 제대로 배웠는데 말이다.

나는 늘 피사체였으므로 카메라 파인더를 들여다보려는 생각은 한번도 해보지 않았고, 사용법도 배워본 적이 없다. 내가 피사체인 사진은 수두룩한데 내가 작가를 찍은 사진은 거의 없다는 사실을 나중에야 알았다.

내가 처음이자 마지막으로 찍었다고 할 수 있는 작가의 스냅 사진은 그 트로이 유적에서 고양이를 안고 있는 것과 레스보스섬을 배경으로 찍은 것, 그리고 트라브존의 설산을 바라보는 사진 정도일 것이다.

자신의 어리석음을 자각하는 것은 늘 때가 지난 후인 것이 마음 아프다. 아무튼 후회스러운 나의 마음은 저 높은 하늘에서 떠올랐다가 사라지고, 다시 뭉게뭉게 생겨나는 구름처럼 끝이 없다.

호텔 앞의 선착장을 따라 길게 늘어선 텐트 아래 식탁보가 깔린 목제탁자와 의자가 가지런히 놓여 있었다. 작가와 나는 테이블을 사이에 두고 마주앉았다.

이렇게 레스토랑에 마주앉으면 우리의 대화는 늘 시간 가는 줄 모르게 이어지곤 하는데 이 날은 거의 대화가 없었다. 작가가 전에 없이 피곤해 보여서 나는 되도록 묻는 말에 대답하는 정도로만 응대하였다. 말이 없는 작가를 가만히 바라보고 있자니, 문득 내가 아직 이십 대 초반이었을 때 둘이 자주 가던 고베 시내의 레스토랑 '그리스 마을'에서 나눈 대화가 떠올랐다.

항구 마을답게 당시 고베에는 전직 선원이 운영하는 레스토랑이나 바가 여러 곳 있었다. '그리스 마을'은 그리스 요리뿐만 아니라 이탈리아 요리도 본고장에 지지 않을만큼 맛있는 전채와 파스타를 내놓는 레스토랑이었다. 우리는 '그리스 마을'에서 주 메뉴인 무사카를 먹으며, 우조라는 아니스 향이 나는 그리스 특산의 리큐르를 마셨다.

그날은 작가가 아리스토파네스의 『여자의 평화』와 그리스 민주주의에 대해 얘기해 주었는데, 그 무렵 내가 그리스에 관해 가지고 있던 이미지는 당시 '해운왕'으로서 세계에 이름을 날리고 있던 아리스토텔레스 소크라테스 오나시스에 관한 것이 전부였다. 일곱 자매의 막내로 자란 나는 여자만 사는 세계가 얼마나 멋진 것인지 자랑하면서 "저는 아리스토텔레스 소크라테스 오나시스를 좋아해요!"라고 초롱초롱한 눈으로 말했던 것 같다.

그렇다고 오나시스의 화려한 생활을 부러워해서 한 말은 아니었다. 내 방식으로 그를 과대평가한 데서 비롯된 나만의 감정이었다. 오나시스가 보잘것없는 소국에 불과한 그리스에 만족하지 않고, 지상 어디에도 속하지 않는 자신의 배를 자기 나라로 삼아 세계에 군림함으로써 마치 현존하는 '그리스국'은 본래의 그리스가 아니고, 자신이야말로 '그리스'라고 선언하고 있는 듯이 보였던 것이다. 그 무렵에 이미 국가와 개인의 문제에 대해 고민하고 있던 나에게는 오나시스의 추문 따위야 어찌 되었건 그의 자유로움만이 멋지게 여겨졌다.

젊을 때의 치기라고밖에 할 수 없는 나의 당돌한 말이 정말 의외였는지, 아니면 기가 막혔는지, 작가는 한동안 말문이 막힌 듯 입을 다물고 있다가 옅은 미소를 지었던 것이 어렴풋이 기억난다.

평소와 다르게 과묵한 작가 앞에서 아득히 젊은 날의 추억이 되살아나는 것 같았다.

따가운 햇살이 내리쬐는 에게해의 하늘 아래서 텐트는

서늘한 그늘을 만들어 식사를 즐기는 우리를 아늑히 보듬어주었다. 살랑살랑 스치는 바닷바람의 싱그러움과 함께 우리는 저 너머 레스보스섬을 바라보며 와인을 곁들인 농어 소금구이를 즐겼다.
"그간 뭘 먹어도 도무지 맛을 모르겠더니, 이건 좋네. 아주 맛있어!"
그 여행 내내 입맛을 잃었던 작가가 이 농어구이만큼은 환히 미소 띤 얼굴로 입맛을 다셔가며 먹었다.

제5장
## 고양이 알키비아데스의 우울
A Socrates apprentice named Alcibiades

 

호텔은 레스보스섬에서 딱 대각선 방향으로 보이는 곳에 자리잡고 있었다.

이날은 마음의 여유가 생겨서 식사를 마치고 호텔 주위를 좀 걸었다.

몇 십 채쯤 되려나, 이 작은 마을의 집은 어느 집이나 2, 3층 높이의 석조주택으로, 돌길을 사이에 두고 마주 서 있다. 골목의 막다른 곳은 야트막한 바위산으로, 이 산의 정상에는 아테네신전의 원기둥이 몇 개인가 우뚝 남아 있다.

본디 아소스는 기원전 8세기에 레스보스섬의 식민지주의자에 의해 만들어졌으며, 기원전 6세기에는 아테네신전을 세울만큼 번영했다. 한때, 플라톤의 제자가 레스보스섬을 다스리고 있을 때, 철학자들을 아소스에 와서 살도록 장려했다. 아리스토텔레스도 이곳에서 기원전 348년부터 삼 년 동안 살면서 제자를 키웠다고 한다.

아테네신전을 보려고 걸어가고 있을 때였다. 주택가 골목 모퉁이를 도는데 고양이 두 마리가 불쑥 나타났다. 한 마리는 팔다리가 늘씬한 것이 그야말로 아름답다고밖에 표현할 길이 없는 까만 고양이였다. 어쩐지 다가가기 어려운 기품이 느껴지는 풍모를 지닌 이 검은 고양이는 줄곧 삼사 미터의 거리를 유지하며 우리 뒤를 따라왔다.

관광시즌으로는 아직 이른 시기여서 아소스의 아테네신전을 보러 온 여행객은 많지 않았다. 불그스름한 갈색으로 퇴색한 바위산의 울퉁불퉁한 길을 올라가고 있으려니 뒤에서 소리가 들렸다.

"냐옹, 여기는 왜 오셨어요?"

우리를 뒤따라오던 예쁜 고양이가 작가에게 물었다.

"허허, 잘 물었어. 그건 말이야, 고대 그리스제국이 에게해 연안에 식민지를 잔뜩 만들었지만 레스보스섬을 바로 눈 아래 내려다보기에는 이 아테네신전이 제일 좋기 때문이지."

"냐옹, 잘 알고 있네요. 내 이름은 알키비아데스예요."

"호, 그래? 소크라테스의 그 애제자 알키비아데스와 똑

같은 이름이라니 재미있군."

"냐옹, 누군지 알아요?"

"알고말고! 그런데 자네야말로 알키비아데스가 어떤 인물인지 아나?"

"냐옹, 알 리가 있나요. 고양이의 마성은 시공을 초월하여 살아남는다고 하지만, 아리스토텔레스가 여기 살았던 시절, 알키비아데스는 이미 오래 전에 죽은 것 같은데요? 저랑 이름이 같은 알키비아데스는 펠로폰네소스전쟁 때 지휘관이었다죠?"

담담히 대꾸하는 이 어여쁜 고양이는 좀 거슬리기는 해도 밉지는 않았다. 어딘가 모르게 플라톤이 묘사한 알키비아데스 상을 닮은 것 같기도 하다고 작가는 생각했다.

"자네 말이야, 펠로폰네소스전쟁을 말하려면 이 전쟁을 전후한 그리스제국의 긴 역사를 먼저 이해해야지.

그리스는 데모크라시의 원조가 된 나라라고 하지만, 기원전 900년 무렵, 호메로스가 지은 『일리아스』 시대에는 그리스에 아직 데모크라시가 없었어. 그 시대는 아리스토크라시(귀족주의)의 정치였기 때문에 그 트로이전쟁 때처럼 귀족, 왕족이 데모스를 제멋대로 부렸지.

그러나 그로부터 삼사백 년 지나서 사람들의 지력이 점

점 발달함에 따라 그 상황을 이상하다고 생각하게 되었어. 거기에 솔론이라는 개혁자가 나타나서 데모스의 중요성을 역설하고 다 함께 실천하여 완성된 제도가 데모크라시야.

상상해 봐. 이 삼사백 년 사이에 데모스의 힘이 순식간에 달라진 것을. 굉장한 것 같지 않아?"

"냐옹, 그럴지도 모르겠네요.『일리아스』시대, 데모스는 반항할 수도 없고 오직 복종만 해야 하는 서글픈 존재였으니까요. 그렇다고 해도 삼사백 년이나 걸려서 만든 거라니 아득하게 느껴지네요."

"그래. 좋은 것은 서서히 작용하지. 무슨 일이든 말이야. 그래서 귀한 거고!

고대 그리스에서 데모크라시가 가장 꽃을 피웠던 기원전 5세기 무렵 그리스는 문학과 예술, 철학, 의학, 수학 등이 발달한 영광의 시대이기도 했어."

"냐옹, 역사의 아버지 헤로도토스에 투키디데스. 문학에서는 소포클레스와 에우리피데스, 아리스토파네스. 철학에서는 소크라테스와 플라톤. 의학의 히포크라테스. 수학의 피타고라스도요!"

"아리스토텔레스는 플라톤의 학교 아카데미아에서 공부했지."

"냐옹, 그래서 세계 온갖 것의 근원이 그리스의 이 시대로부터 시작되었다고 하는 거죠!"

"하지만 말이야, 그다지 자랑할 수 없는 것도 이 시대에 시작되었다는 것을 알고 있나, 알키비아데스 군?"

"냐옹? 그게 뭔데요?"

"민주주의와 자유를 위한다는 깃발 아래 많은 전쟁을 했다는 사실이지."

"냐옹, 그건 지금도 똑같은 주장을 하는 나라가 있는데요. 대체 언제?"

"물론 기원전 5세기의 그리스, 정확하게는 아테네제국 얘기야. 이 시대에 그리스는 자유와 민주주의를 위한 전쟁이라는 명분 아래 페르시아와 싸웠지.

알지? 그 유명한 헨델의 『옴브라 마이 푸』는 이 페르시아와 그리스전쟁이 배경이라는 거."

"냐옹, 그거, 페르시아 왕이 동생의 여자를 사랑하는 얘기죠?"

"아테네제국은 이 무렵에 이미 육군의 나라에서 강력한 해군의 나라로 변모했어. 에게해의 작은 섬나라들과 연달아 '델로스동맹'이라는 군사동맹을 맺고, 마침내 바다의 패권자가 되었지. 그에 위협을 느낀 스파르타도 마찬가지로 주변국과 군사동맹을 맺어 양자 사이에 대립이 격화되었고, 마침내 전쟁이 일어났어. 펠로폰네소스전쟁 말이야.

이 때 아테네의 지도자가 페리클레스인데, 그는 전사자를 추도하는 유명한 연설을 했어.

……우리는 스파르타와 같은 야만스러운 군국주의가 아니라 즐거운 생활을 누리면서 전쟁에 이겼다……라고. 이 연설은 데모크라시 나라의 전쟁을 잘 나타내는 말이야."

"냐옹, 잠깐만요! 그 말, 옛날 옛적의 일이 아니라 지금 아시아 태평양, 페르시아 만, 인도양 등에서 문제가 되고 있는 미국의 세계전략과 중국의 대두를 가리키는 연설 같은데요."

"그렇지? 그다지 자랑스럽지 않은, 오래 되었지만 새로운 얘기지. 아테네제국은 이 30년에 이르는 펠로폰네소스전쟁을 계속한 탓에 점점 몰락해 갔어.

알키비아데스는 아테네 군의 지휘관으로 뽑혀 승리에 들뜬 나머지, 스파르타의 숨을 끊어버리려면 그 배후에 있는 시실리국을 쳐야 한다고 큰소리를 쳤어. 그러자 모두들 알키비아데스에게 솔선해서 출정하라고 했고, 난처해진 그는 술에 취해 신전에 있던 헤르메스 상을 부수고 말았어. 이것은 죽을죄에 해당하는 행위여서 아테네제국은 그에게 사형을 명했지."

"냐옹, 그건 너무했네요. 술에 취하기도 했고, 알키비아데스가 부순 건지 아닌지도 모르잖아요!"

"그래서 알키비아데스가 어떻게 했을 것 같아? 탈주했어. 그것도 적국인 스파르타로 말이야. 그리고 전쟁이 끝나자 사면되어 다시 아테네로 돌아왔어. 그때 알키비아데스가 이렇게 말했다고 해.

……국가와 시민은 대등한 관계에 있다. 국가는 시민에 의해 이루어지는 것이므로 국가는 시민을 사랑하지 않으면 안 된다. 또 데모크라시의 나라라고 해서 나라의 명에 반드시 따르지 않으면 안 되는 것인가? 그렇지 않다. 국가는 국가의 사정과 원리로 존속하는 것이므로 나는 나의 원리로 생존하면 되는 것이다. 나를 사형하려는 국가는 나의 국가가 아니다. 그래서 나는 국외로 탈출한 것이다……라고 당당하게 말한 그 남자가 바로 알키비아데스야. 알키비아데스 군."

"냐옹, 듣고 보니, 국가가 초래한 사정이나 원리에 대해 결코 말려들지 않겠다는 자유로운 독립심을 가진 개인의 원리가 확립되어 있지 않고서는 할 수 없는 행동이네요. 용기가 필요한 고독한 작업인데, 그렇게 할 수 있을까……."

"고독한 거야 당연하지! 무릇 인간은 혼자 태어나서 혼자 죽어가는 존재니까. 하지만 용기는 달라. 용기는 사람으로부터 얻는 거야.

국가는 위에서 아래로 개인에게 명령하지만, 개개의 시민끼리는 서로 도우면서 옆으로 연대해 나가는 힘을 지니고 있어. 세상에는 이렇게 용기 있는 삶을 산 사람도 있구나, 하고 감탄하게 되는 사람이 있지? 그 사람이 살아온 발자취와 언행이 사람들에게 용기를 주는 거지."

"냐옹, 정말요? 알키비아데스에게도 그렇게 말할 수 있는 거예요? 솔직히 말하면, 같은 이름이라는 게 원망스러울만큼 평판이 안 좋은 사람이라."

"알키비아데스가 대단한 것은, 데모크라시가 국가와 개인이 대등하다는 것을 실천한 점이야. 이게 중요한 거야. 이 자유로운 정신이 아테네 민주주의의 근원이기도 하지."

"냐옹, 우리 고양이들은 싫은 건 싫다고 아우성치는 것밖에 할 수 없는데 그런 작은 일도 용기라고 할 수 있나요?"

"물론이지. 그게 항의라는 거야. 냐옹냐옹 마음껏 소리치렴. 용기에는 큰 일, 작은 일 따위 없어. 용기란 자신이 중요하다고 여기는 일을 혼자서라도 시작하고, 혼자서라도 그만두는 마음가짐이야."

"냐옹, 그런가요? 아무튼 고마워요! 잘은 모르겠지만, 인사는 하고싶어요."

제멋대로인 이 고양이는 작가의 말에 굳어 있던 마음이 얼마간 풀렸는지 사뿐사뿐 박자를 밟듯 경쾌한 발걸음으로 앞서서 걷기 시작했다.

"냐옹, 저기, 바다가 보이기 시작했어요."

항구에서부터 이어진 돌길을 지나서 울퉁불퉁, 불그스름한 갈색으로 퇴색한 바위산을 걷고 있던 우리에게 이제 곧 목적지라고 알려주는 알키비아데스의 목소리가 들렸다.

신전으로 향하는 바위산의 길은 고대인들의 발길이 얼마나 빈번했는지 그 커다란 대리석이 닳아서 매끈매끈 크고 작은 쟁반처럼 되어 있었다. 어지간히 주의해서 발바닥에 힘을 주지 않으면 앞으로 잘 나아갈 수 없는 것이 재미있었다.

비탈진 길을 따라 세워진 작은 석조주택 앞에서는 조그

만 매대 위에 마을 사람들이 집집마다 가지고 나온 양모로 짠 손뜨개 장갑과 양말 따위를 팔고 있었다. 그리스의 집은 로마의 집들과 달리 지붕도 낮고 창문이 적은 소박한 주택이 많다. 이는 그리스 건축이 신전을 중심으로 발달해서일 것이다.

신전의 원기둥은, 세로로 주름 장식이 많이 들어간 드레스를 입은 여성의 조각상처럼, 마치 유기적인 인체와도 같다는 것을 나는 예전에 아테네의 파르테논신전을 처음 보았을 때 느꼈다.

그리스인에게 공간이란 인물과 인물, 또는 물체와 물체 사이의 거리이며 실체를 존재시키기 위한 '장소場'에 불과한 것인지도 모른다. 그것은 그리스문화를 모방, 발전시킨 로마인의 공간 만들기와 무척 다른 것으로 생각된다.

그리스의 야외극장이나 경기장은 언제나 외부와 단절되지 않고 다 연결되도록 이어지는 공간으로 존재하는데 로마에서는 가령 콜로세움처럼 외부와 단절된 별도의 공간에서 다른 세계의 착각과 열기를 맛볼 수 있다. 현실에서의 초월감을 인간에게 체험시키도록 만들어서일 것이다.

이는 무엇보다 언론의 자유를 존중하고 자질구레한 사람들의 일상 속에 발을 디딘 그리스의 '직접 민주주의'와

로마 황제 아래서 강력히 언론의 자유를 제한한 '선거 민주주의'의 양상의 차이를 비교해 보면 흥미 깊은 현상이 아닐 수 없다.

데모스의 중요성을 최초로 내세우고 실현시킨 아테네인의 데모크라시는 매우 흥미롭다.

행정은 지금과 달리 국가의 관리 없이 온 시민이 참여하여 제비뽑기로 서로 돌아가며 담당했다. 수천 명이 모이는 민회에는 25킬로미터나 떨어진 먼 거리라도 농민, 어부, 기술자들이 걸어서 참석했고, 생활 향상을 위한 정책에서부터 전쟁을 할지 말지에 이르기까지 토의되었다. 선거는 맨 마지막, 전쟁의 지휘관이나 장군을 정할 때 실시되었고, 모든 공직자는 언제든 소환할 수 있었다.

선거보다 민회에서, 사회와 시민을 위해 도움이 되는 것을 잘 설득하는 연설이 중시되었다. 페이토라는 설득의 신을 신전 중요한 자리에 모시고 받들 정도였다. 무엇보다 그리스 민주주의의 기본은 누구나 대등하고 평등하게 공공의 장에서 발언하고 설득하는 것이다. 고대 아테네인은 말하기를 즐겼고, 문자 해독률은 낮았지만 연설이나 민회, 연극제 등을 통해 얻어들은 지식이 많았다. 연극제나 민회, 재판의 배심원, 행정 위원회 등에 전체 시민이 제비뽑

기나 윤번으로 참여했으므로 그들의 하루는 매우 바쁘고, 연극제와 민회의 장이 닫힐 틈이 없었을 것이다.

그리스의 야외극장과 민회가 열리는 프눅스언덕과 아고라(시장)가 하나로 이어지는 생활이었던 것이다. 어느 날은 아테네 지역을 다스리는 측의 역할을 하는가 하면 또 어느 날은 통치를 당하는 사람 측에 서는 식으로 말이다. 이 독특한 민주정체는 훗날 로마에 의해 망하기까지 팔백 년이나 이어졌다고 하니 감탄하게 된다.

나는 소박한 매대에 가지런히 펼쳐져 있는 수공예품을 살까말까 망설이며, 곁눈으로 힐끔 고대 아테네의 데모크라시를 지탱했던 데모스의 일상을 상상해 보았다.

한동안 이어진 언덕길을 다 올라가니 갑자기 시야가 탁 트였다.

"아테네신전인데, 이렇게 조그만 신전도 있어요?"

나도 모르게 생각지도 않은 물음이 나왔다. 우리를 앞질러 가던 고양이 알키비아데스의 모습은 보이지 않았다.

**제6장**
## 옥쇄
The breaking jewel

 

1976년, 우리가 아직 결혼하기 전, 작가는 중부 태평양의 여러 섬을 다녀온 직후 내게 말했다.

태평양 한가운데, 적도 조금 북쪽에 있는 길버트제도라고 하는 산호초 섬들을 일 년 후에 영국의 통치에서 독립할 예정이라 그것에 앞서 다녀오고 싶었다는 것이다.

베트남전쟁도 끝나고 제2차세계대전 후에 식민통치로부터 해방된 나라들이 민족독립을 위해 투쟁하던 시기였다. 그러나 태평양의 여러 섬에서는 거꾸로 미국의 아시아 태평양 전략에 근거한 패권이 뭉게뭉게 피어나고 있었다.

그렇다. '제국주의의 사다리'는 전혀 사라지지 않았던 것이다. 이 끝없는 연쇄를 끊으려면 어찌 해야 하는가?

발단은 1892년 5월로 거슬러 올라간다.

대영제국 군함 '로열리스트'호가 돌연 길버트제도에 상륙했다. 현지의 왕과 삼사백 명 정도의 주민을 모아 놓고, 제국의 해군 제독은 오늘부터 이 섬은 대영제국의 보호 하에 놓였음을 선언한다며 '유니온 잭' 깃발을 걸었다.

그 이래, 1977년까지 이 섬은 영국의 지배 아래 놓였다. 말도 안 되는 일이었지만 그 전에 영국은 독일과 협정을 맺고, 제멋대로 중남부 태평양제도의 분할을 결의했다. 나우루섬과 마셜군도는 독일, 길버트제도와 엘리스제도는 영국, 이런 식이다.

이런 횡포가 어디 있을까싶지만, 일본은 제1차세계대전 후, 독일령이었던 이 섬들을 통째로 받아서 차지했다. 그뿐만이 아니다. 제2차세계대전 후에는 미국이 일본이 영유하는 섬들을 차지했다. 현지 섬 주민의 의사 따위는 상관없이 전쟁에 이긴 나라가 진 나라로부터 각각의 몫을 받았다.

근대 제국주의의 야욕이 태평양 섬들을 배경으로 어른거린다.

그리고 이 섬들이야말로 '옥쇄'의 땅이었다.

작가가 여행 중에 어느 섬에서 알게 된 T씨는 온화한 성품의 마을 협동조합장으로, 일본 통치시대에 태어난 토박이 섬 주민이다. 그는 작가와 친해지자 자신의 가족 내력을 들려주었다.

조부 이름은 곤잘레스, 아버지는 하인리히, 자기는 타로, 그리고 손자는 조지라고 한다. 작가는 이렇게 이어지는 이름들이 무엇을 의미하는지 단박에 이해했다. 대항해시대, 마젤란이 태평양의 섬들을 발견하고 침략한 것에서 시작되는 '제국주의 열강의 사다리'에서 온 퍼레이드다.

아시아 태평양을 제패하려면 이 광대한 태평양의 북부, 중부, 남부의 섬들을 어떻게든 수중에 넣지 않으면 안 된다. 세계 제패를 획책하는 제국주의 대국이 줄줄이 적도 근처의 작은 섬들을 멀리서부터 찾아와서 힘으로 지배, 통치했다.

얼마 안 가서 다른 대국과의 전쟁에 패하여 사라져갔으나 어마어마한 전사자들의 잔해는 누구에게도 수습되지 못 한 채 바다 속 깊이, 또는 땅 속 깊이 묻힌 채로 남겨졌다.

제2차세계대전 말기 가다르카나르섬에서 대패한 일본 해군은 전황을 만회하려고 대규모 병사와 군속, 그리고 섬 주민을 동원하여 단단한 바위로 이루어진 섬을 개척했다. 목적은 단 하나, 일본 본토를 지키기 위한 전초 군사기지를 만드는 것이었다.

자급자족의 평화로운 생활을 영위해 온 섬 주민의 낙원은 핵심 기지 시설인 비행장으로 바뀌었다. 그리고 일본군은 이 군사 거점을 탈취하기 위해 미군과 치열한 전투를 거듭했다.

맨손으로 흙을 파서 활주로를 개척하는 중노동은 주로 군속이나 T씨와 같은 현지 섬사람들이 담당했다. 군속 중에는 식민지 출신의 조선인이 많았고, 오키나와 출신자도 있었으며, 그들은 군인에게 심한 차별을 당했다고 T씨는 말했다.

섬 주민들도 착취를 당했다. 그들에게는 사역의 대가로 돈이 아니라 주먹밥에 빨간 매실 장아찌 따위가 주어졌을 뿐이다. 불만을 말하는 자는 그 자리에서 목이 날아갔다고 하면서 T씨는 자기 손으로 목을 자르는 시늉을 해보였다.

"큰 나라들이 연달아 와서 괴롭히니 우리처럼 몇 백 명밖에 되지 않는 작은 나라는 꼼짝 못하고 당할 수밖에 없어요."

T씨가 남방사람 특유의 느긋한 말과 몸짓으로 중얼거

리는 모습이 작가에게는 더없이 애달프게 느껴졌다.

"도대체 유골은 언제 수습하러 오는 거죠? 언젠가 유족이 오겠거니 생각하면, 낡은 집을 새로 짓는 것도 망설이게 돼요. 왜냐하면 우리 집 밑에 수많은 전사자의 유골이 아직도 묻혀 있으니까요."
섬사람들은 작가가 그 섬에서 잠든 전사자의 유족인 줄 알았다고 했다. 1976년 당시, 그만큼 일본인 방문자가 드물었던 것이다.

작가가 철들 무렵, 일본은 전쟁만 하고 있었다.
일본이 진주만을 기습 공격하여 미국과의 전쟁이 시작된 지 얼마 되지 않아 작가의 아버지가 말했다.
"이 전쟁은 일본이 진다. 미국의 캘리포니아 주보다도 작은 국토를 가진 일본이 미국을 상대로 싸운들 이길 승산은 없는 것이다."
군국주의 교육으로 일관된 학교에서 듣는 이야기와는 전혀 다른 아버지의 견해에 작가는 자기 귀를 의심했다. 온 나라가 전승 분위기로 들끓고 있던 때였다. 작가는 그러나 날이 감에 따라 대본영이 발표하는 전황 보고조차 그

형세가 조금씩 의심스러워지는 걸 알 수 있었다.

특히 태평양 여러 섬에서 일어나고 있는 '옥쇄'의 전투는 평생 씻을 수 없는 기억을 남길만큼 소년의 마음을 깊이 후벼 팠다.

'옥쇄'라는 말에 숨어 있는 팽팽한 긴장감과 정체를 알 수 없는 '막막함'이 주는 불쾌한 공포감은 때로 비뚤어진 숭고심崇古感을 자아낸다.

작가는 '옥쇄'한 전사자의 유족은 아니었으나, 전쟁이 끝난 30년 후에 오랜 세월 마음에 걸렸던 그 '막막함'의 현장에 꼭 서보고 싶었다. 그리고 다시 한번 그 전쟁에 대해, 인간에 대해, 또 자신이라면 어떻게 했을까 생각해보고 싶었다고 한다.

태평양 드넓은 대양에 산재해 있는 '옥쇄'의 섬들은 깎아지르게 험한 단애절벽이 많다. 오키나와 본섬을 포함하여 '수어사이드 클리프'로 유명한 사이판섬이나 티니안섬의 단애에서는 수천 명이나 되는 일본군, 군속, 민간인이 스스로 바다에 몸을 던져 목숨을 끊었다.

먼 옛날 전장에서 왕이나 그 신하가 막다른 곳에 다다라 성의 정상에서 투신하는 일은 『일리아스』의 무대인 트로이 성의 함락 때도 있었다. 또 백제가 '백마강 전투'에서 패하여 수도가 함락될 때, 수많은 궁녀가 낭떠러지에서 몸을 던졌던 이야기도 예로부터 유명하다.

그러나 제2차세계대전 말기, 오키나와를 포함하여 드넓은 태평양의 여러 섬에서 일어난 '집단 자살'보다 더 소름끼치게 무서운 이야기를 들어본 적은 없다고 작가는 말하곤 했다.

일본은, '죽이고, 태우고, 빼앗는' 전쟁을 타국에 자행한 끝에 스스로도 '죽임을 당하고, 태워지고, 빼앗김을 당하는' 체험을 했다. 그 중에서도 '옥쇄'는 죽은 자뿐만 아니라 살아남은 자에게도 무시무시한 각인을 남길만큼 참담한 것이었다.

'옥쇄'에 대해 깊이 고뇌해 온 작가는 훗날 여러 문학 작품을 남겼다. 특히 그 표현을 그대로 제목으로 삼은 소설 『옥쇄』는 바로 영문으로 번역되어 2005년 8월 6일에 영국 BBC 월드 서비스의 라디오 드라마로 제작되어 전 세계에서 사천만 명 이상이 청취했다고 한다.

이 드라마가 방송되기 십년 전인 1995년, 영국 BBC에서 제2차세계대전 종전 50주년 기념 프로그램으로 8월 6일

'히로시마의 날'에 작가의 소설 『HIROSHIMA』가 라디오 드라마로 제작되어 방송되기도 했다. BBC에 의해 일본인 작가의 작품이 드라마로 만들어진 것은 기노시타 준지의 『유즈루夕鶴』이래 두 번째라고 한다.

그해 1월, 우리는 한신대지진으로 큰 재난을 당했다.

재난 직후, 작가는 시민이 시민을 돕는 '시민구호기금' 운동을 시작했고, 나도 거기에 힘을 보태느라 부부의 바쁜 나날이 이어졌다. 늘 뒷모습만 보이는 부모 때문이었는지 당시 아홉 살이던 딸아이가 '아기 짓'을 하기 시작했다. 그때까지 편안하고 평화롭던 일상이 지진에 의해 한순간에 무너진 슬픔을 딸아이도 필사적으로 견뎌내야 했다. 아이는 자신이 가장 행복했던 유치원 시절 즐겨 가지고 놀던 장난감을 온 방에 늘어놓은 채 방에서만 지냈다.

그 무렵 8월 6일 방송을 런던 현지에서 원작자와 드라마 작가, 그리고 프로듀서가 함께 듣자는 BBC의 특별한 제안으로 우리 가족 셋은 런던으로 가게 되었다. 마침 마음의 안정이 필요했던 딸아이에게 좋은 기회였다.

BBC의 프로듀서 M씨는 옥스퍼드대학을 졸업한 뒤, 드라마 제작 일을 하고 있었다. 그는 전후 50년 기념 프로그램으로 인류 최초의 핵무기 실험인 원폭투하 문제를 소재로 한 작품을 다루고자 모교 옥스퍼드대학의 문학부 교수에게 조언을 구한 터에 작가의 『HIROSHIMA』를 추천받았다고 한다.

런던 시내의 카페에서 처음 M씨를 만났을 때 나도 모르게 빙그레 웃음이 났다.

일본에서 출발하기 전, 작가와 나는 내기라도 하듯 옥스퍼드 출신 PD가 어떤 차림으로 나타날지 상상하기 시작했다.

"그야, '나, 옥스퍼드 출신이야'라고 누가 봐도 알아볼 만큼 말쑥한 수트 차림으로 나타나겠죠!"라는 나의 말에 작가는 "무슨 소리! 샌들 끌고 나올걸!"이라고 단언했다.

현장에 모습을 드러낸 M씨는 흰 와이셔츠에 샌들을 신고 있었다.

우스운 내기였지만, M씨가 작가가 상상한 대로 나타나 준 덕분에 우리는 자기소개를 마치자마자 금세 가까워졌다. 대화가 활기를 띨 무렵, 드라마 작가 T양도 조금 늦게 와서 합류했다. T양은 나중에 『옥쇄』를 드라마로 제작하는 데도 참여한 베테랑 극작가였다.

M씨와 T양도 이날 처음 만나는 모양이었다. 마침 그날이 T양의 생일이었는지, 리본으로 예쁘게 포장한 자그마

한 선물을 T양에게 넌지시 건네는 M씨를 보며, '과연 신사의 나라 영국이구나!'싶은 마음이 들었다.

그날 밤, 템즈강을 거리 하나 넘어서 바라볼 수 있는 중후한 문이 달린 M씨의 자택 거실에서 BBC의 라디오 드라마를 모두 함께 청취했다. 라디오에서 흘러나오는 소리만을 길잡이 삼아 우리의 마음과 머리는 종횡무진 상상의 날개를 펼쳤다. BBC 라디오 드라마는 조지 오웰이 한때 문예 프로그램을 담당했던 적도 있어서 그 문학성과 예술성은 전통적으로 정평이 나 있다고 한다.

드라마『HIROSHIMA』는 BBC 맨체스터에서 제작되었다면서 M씨는 우리를 맨체스터 스튜디오로 초대해 주었다.

녹음실로 안내되어, 방문 여닫는 소리, 바람 소리, 식기 부딪는 소리 등등, 어떻게 라디오 드라마가 제작되는지 여러 장치를 통해 알게 되었다. 나는 텔레비전 드라마의 화려함과는 다른, 어딘가 인간의 깊은 지성에 호소하는 라디오 드라마의 매력을 알게 된 듯한 마음이었다.

다음날은 런던에 있는 BBC본부를 방문했다.

M씨는 친하게 지내는 아일랜드 출신의 동료와 함께 BBC 내부를 구석구석 안내해 주었다. 제2차세계대전 중에도 나치 독일의 공습에서 방송을 지켜냈다는 'BBC'에

는 눈에 보이지 않는 영국인 정신이 가득 깃들어 있는 듯 느껴져서 나도 모르게 엄숙한 마음이 되었다. 딸에게도 좋은 경험이었다.

그로부터 십 년이 지난 2005년, 작가의 『옥쇄』가 다시 BBC에서 다루어지게 되었다. 드라마는 작가 인터뷰를 오프닝으로 하여 시작하기로 했다.

방일하여 우리 집 거실에서 인터뷰를 마친 BBC 월드 서비스의 PD가, "선생님은 우리나라 작가 조지 오웰과 닮으셨어요." 라고 말한 것은 뜻밖이었다.

그러나 생각하면 동감이 가지 않는 바도 아니었다. 조지 오웰이 29세에 쓴 처녀작 『파리와 런던의 따라지 인생』은 20세기 초에 꽃의 도시 파리와 세계 제일의 도시 런던에서 무일푼으로 고생하며 살아가는 사람들의 이야기다.

그리고 작가도 29세 때 20세기 후반의 세계 22개국을 '1일 1달러'로 여행하는 빈털터리 세계 여행기 『무엇이든 다 보자』를 썼다.

시대적 배경과 둘러본 나라의 수, 그리고 각기 체험한 바는 다를지라도 이 두 작품에는 얼핏 화려해 보이는 선진국에 깃든 병의 뿌리를 예리하게 간파한 젊음과 지성과 용기로 가득한 명징한 시각이 살아있다.

그 시각은 사물을 부감하는 새의 눈과 다정한 약자인 곤충의 눈을 함께 지니고 있다. 그 시각은 어느 면에서 '혜택받은 자'로서의 자신의 입장을 자각하고 있어서 때로 처참한 빈곤의 현장 앞에서 자기도 모르게 위축되고 마는 자신의 외면하고 싶은 연약함도 직시할 줄 안다.

확실히 오웰과 작가는 내면의 근본적인 부분이 닮았다는 생각이 들었다.

『옥쇄』가 BBC 월드 서비스의 드라마로 제작된 계기는 세계적으로 이름난 일본 문학 연구자인 K씨의 번역이었다.

1998년에 출판된 『옥쇄』는 제2차세계대전 중에 파라오 제도의 페릴류섬에서 전멸한 구 일본군을 다룬 소설이다. 세계대전 중 미 해군의 통역 사관으로 종군했던 K씨는 알류샨열도의 앗쓰섬과 오키나와에서 일본군의 옥쇄 전투를 가까이서 목격했다.

K씨와 작가는 1959년 이래 친교를 이어온 사이다. 작가는 풀브라이트 유학생으로 하버드대학 대학원에서 공부한 후 미대륙에서 유럽, 중동, 아시아를 거쳐 일본으로 귀국하는 세계일주여행길에 올랐는데, 『무엇이든 다 보자』를 쓰게 된 그 여행을 떠나기 직전, 뉴욕에서 처음 K씨를 만

났다. 그때 K씨는 작가에게 맛있는 음식을 대접해 주었다고 한다.

그로부터 약 사십 년 가까운 세월이 지난 후, 소설 『옥쇄』를 집필한 작가는 K씨에게 보낼 책을 소포용 봉투에 넣으며 어린아이처럼 들뜬 목소리로 말했다.

"이 책, K씨에게 보낼 거요."

우체국으로 향하는 작가의 뒷모습이 더없이 만족스러워 보였다. K씨에게 뭔가 꼭 전하고 싶은 내용이 이 소설에 담겨 있는 듯했다.

얼마 후, K씨로부터 뜻밖의 반응이 담긴 편지를 받은 작가는 매우 기뻐했다. 『옥쇄』를 읽은 K씨는 자신이 겪은 전쟁 기억이 되살아나, '이 책을 영어로 번역해서 전 세계에 전해야 한다.'는 마음이 들었다고 한다. 소설을 영어로 옮기는 일은, 35년 전 미시마 유키오의 『연회 후』를 번역한 이래 처음이라고 했다.

그리고 『옥쇄』에 관해 작가와 둘이서 대담을 하게 되었는데, 그 자리에서 K씨는 이렇게 말했다.

"……뭐라고 할까요, 일본인은 모두 취해 있는 것 같다고 생각했어요. 그야 물론 술에 취해 있었다는 뜻이 아니라 자신의 이상이라든가 신조라든가, 그런 것에 취해 있었으므로 죽지 않아도 될 때인데 죽었어요, 자살했죠. ····<중략>····그건 저에게는 영원한 수수께끼로 남아 있었는데, ····<중략>···· 이 책을 읽고 비로소 알 것 같았어요.

페릴류섬이나 그 밖의 섬에서 일어난 일은 결코 광인이 저지른 일이 아니라는 걸 이 책을 읽고 알게 됐어요."

두 사람의 긴 대담은 진솔함과 성실함 그 자체, 문학이라는 인간의 고독한 혼에 깊이 다가가는 작업의 본질에 서로 공명하는 언어의 심포니를 듣고 있는 것 같아서 몇 번을 다시 읽어도 새로운 발견이 있다.

청일, 러일전쟁에 승리한 뒤 제1차세계대전에서는 태평양의 독일령 섬을 빼앗고, 이제는 그 어느 대국을 상대로 싸우더라도 '대동아공영권'의 맹주인 '신국 일본'은 계속 승리할 거라 믿고 돌진한 영, 미와의 전쟁의 최종 국면이 '옥쇄'의 싸움이었다.

'옥쇄'와 '특공'이라는 행위는 결코 미사여구로 뭉뚱그려진 무사도적인 도취나 광기로는 저지를 수 없는 것임을 이 소설은 가르쳐준다.

사면초가로 내몰린 외딴 섬의 전장에서는 고참 모범 병사이건 나이 어린 초년병이건 모두 죽어간다. 식민지에서 끌려온 군속이나 현지 주민도 마찬가지다.

군국주의 교육을 받고 자라던 소년 시절, 작가는 전쟁 말기, 일본은 어쩌면 이길 수 없을지도 모르지만, 그렇다고 진다는 생각을 할 수도 없었다고 했다. 아마도 당시 많은 일본인은 이런 분위기 속에서 살고 있었을 것이다.

'만세일계'의 '천황제 근대국가'인 대일본제국에 신풍이 불기를 기다렸으나, 그것이 이루어질 수 없다는 것을 알게 되었을 때, 인간은 무엇을 생각했을까. 최종 목적을 이루기 위해서는 '옥쇄'나 '특공'의 싸움밖에 없다는 말을 들었을 때, 인간의 뇌리를 스치는 것은 무엇인가.

극한상황에 직면한 인간은 자기 자신을 납득시키기 위한 '의미'를 생각해 내려고 하지 않을까? 인생이 무엇인지 아직 전혀 알지 못하는 스무 살 또래의 젊은이가 자기 목숨을 내던져 싸우기 위해서는 처절하리만큼 절절히 그 동기를 찾아야만 했을 것이다.

그런 긴장감이 『옥쇄』라는 소설의 밑바탕을 흐르고 있어서 때로 비뚤어진 숭고심을 떠올리게 하지만, 역시 그것은 전쟁이란 어리석은 것임을 말해 주고 있는 것이다.

일상의 감각으로는 도모할 수 없는 인간의 행위는 그렇게 되기까지 내몰린 프로세스가 있어서 생긴 결과다.

국가라는 대의명분과 자신의 행위를 일체화할 수 있는

병사와 그렇지 않은 병사, 또는 그 어느 쪽이라고 할 수 없는 병사 등등, 여러 인간의 복잡한 심리를 엿보게 해준다.

특공 병사가 남긴 "완전한 비행기로 출격하는 때"라는 말이 나타내 듯 전쟁 말기에는 제대로 된 전투기조차 없었던 상황에서도 철저 항전하려고 했다. 그것이 '옥쇄'의 전쟁이었다. 누가, 무엇 때문에, 그들을 거기까지 내몰았는가 하는, 그 질문을 계속 던지지 않으면 안 될 것이다.

"용이라면 구름이라도 타고 가련만"이라는 가모노 초메이의 『호조키方丈記』●의 한 구절을 『옥쇄』의 프롤로그로 둔 작가의 마음 속 중얼거림이 들리는 듯하다.

『옥쇄』의 영문번역이 진행되는 동안, '9.11'테러가 뉴욕에서 일어났다.

국제적으로 고립되고, 억압되고, 무시당하던 사람들의 저항이 테러라는 민간인의 희생을 수반한 비극이 되어 부상하는 현대 세계의 양상이 참으로 고통스러운 것은 '옥쇄'나 '특공'이라는 행위가 갖는 어리석음과 비뚤어진 숭고심이 아직도 망령처럼 떠있음이 느껴지기 때문이다.

---

● 『호조키方丈記』: 1212년에 쓰여진 불교적 인생무상관을 기술한 수필. 인용 부분은 1185년의 대지진 재난을 당한 두려움을 벗어나고픈 간절함을 묘사한 구절

아소스신전의 어느 바위산의 낭떠러지 끝에서 눈 아래로 펼쳐지는 에게해의 푸른 바다를 내려다보며, 나는 예전에 작가가 얘기해 준 태평양의 여러 섬을 떠올리고 있었다.

제7장
## 아소스의 신전과 이솝 고양이
Socrates prefers Aesop's Fables


아테네신전은 아소스 항 뒤편으로 높이 솟은 바위산 정상에 있었다.

신전이라고 하니 으레 언젠가 아테네의 파르테논신전에서 보았던 그 장엄한 엔타시스 원기둥이 죽 늘어서 있는 광경을 기대했다. 그러나 아소스신전은 너무 작았다.

"아리스토텔레스가 살았던 땅이건만! 아, 이런 게 식민지라는 거야."

식민지의 건축물은 종주국의 그것보다 작아야만 한다는 것을 런던과 더블린의 중앙은행, 파리와 하노이의 오페라 극장, 도쿄와 서울에 있는 구일본은행 건물의 차이를 비교해서 알고 있던 나는 그러려니 하면서 작가의 옆모습을 쳐다보았다.

"제국을 세우면 어느 나라나 똑같은 짓을 하고싶어하지. 제2차세계대전 전, 제국주의 일본이 남양제도를 지배했을 때도 커다란 신사를 세워서 주위에 위엄을 세우려고 했어. 예전에 그 섬을 걷다가 커다란 신사 입구 기둥이 아직 남아 있는 것을 본 적이 있는데, 물론 일본 본토의 그것보다 작은 것이었지."

작가는 신전이 있는 바위산 정상에서 바다를 사이에 두고 건너편에 떠 있는 레스보스섬을 내려다보며 말했다.

그때, 유적에 널려 있는 크고 작은 돌멩이 사이에서 아지랑이처럼 아른거리는 것이 보였다. 아까부터 모습이 보이지 않았던 알키비아데스 고양이였다.

땅딸한 체구의 고양이 한 마리를 데리고 왔는데, 그 모습이 마치 두꺼비처럼 볼품이 없었다.

"아, 알키비아데스 군, 어딜 다녀왔어?"

작가가 물었다.

"냐옹, 항구로 돌아가려는데, 당신을 만나고 싶어하는 고양이가 있어서 일부러 데려왔어요."

알키비아데스 고양이는 볼품없게 생긴 고양이의 어깨를 쳐다보며 말했다.

"냐옹, 나는 이솝 고양이에요. 그 우화로 잘 알려진

……."

 볼품없는 고양이는 자기소개를 하다 말고 급히 생각난 것이 있는 듯 이어서 말했다.

 "냐옹, 당신 얘기를 알키비아데스 고양이한테 듣고 꼭 물어보고 싶은 것이 있어서요. 좀 엉뚱한 걸 물어봐도 될까요?"

 "그야 뭐, 어서 물어 봐."

 "냐옹, 당신은 왜 그리스에 흥미가 있었던 거예요? 먼 동양의 일본사람이 대체 왜 고대 그리스에 대해 그렇게 잘 알고 있죠?"

 "흠, 그걸 말하자면 얘기가 길어지는데. 좋아!

 그건 말이야, 전쟁 때문이야. 내가 열세 살 때, 오래 계속되던 전쟁이 패전으로 끝나고 평화가 찾아왔지. 평화와 함께 자유와 민주주의도 찾아왔어. 앞으로는 문명국의 일원으로서 살아간다는, 전쟁 중에는 있을 수 없었던 가치관의 전환에 희망을 품게 된 거야. 전쟁 중의 생활은 야만스럽고, 문명이라고는 없는 굶주림과 공습의 공포와 내핍뿐이었지.

 전쟁이 끝나고 나니 극도로 제한되었던 외국문화의 섭취도 해금되었고, 특히 서구의 많은 서적을 접할 수 있게 되었어.

　민주주의세상이 되었다고 온 나라가 들썩였지만, 대체 민주주의가 뭔지 잘 모르겠는거야. 그래서 현대 민주주의 사회의 맨 앞에 있는 미국과 민주주의의 원류인 고대 그리스를 공부하면 조금은 알 수 있지 않을까 생각했지. 데모크라시의 원조 '고대 아테네'에 관해 알고 싶었어.

　여러 책을 읽는 가운데, 『고대 그리스문학사』가 제일 맘에 들었어. 혹시나 해서 말해 두는데, 그때 조숙한 고등학생이었던 나는 이미 소설을 쓰고 있어서 그 문학사 책이 너무 재미있었어. 마침내 그 책을 쓴 선생님이 계신 대학에 입학할만큼 푹 빠졌지."

　"냐옹, 그래서 민주주의는 잘 알게 됐어요?"

　"하하하, 세상, 그렇게 간단한 거 아니야. 민주주의에는 정답이 없어. 있다면, 민주주의에 다다르는 과정이 있을 뿐이지. 그런데 말이야, 이 과정이란 것이 중요한 거야. 인간이란 정답을 알고 나면 행동을 하지 않는 존재거든. 잘 모르니까 답을 찾으려고 노력하는 거지. 그 노력이 과정이야."

　"냐옹, 그거 대단한 일이네요. 그럼 인간이란 살아있는 동안 내내 노력하는 거예요?"

알키비아데스 고양이가 물었다.

"그렇지. 죽음이 종착점이라면 살아있는 동안은 과정, 즉 프로세스지? 그러니까 어떤 형태로든 노력하는 거야. 그것도 열정을 가지고 말이지. 절망하지 않겠다는 뜨거운 마음이 없으면 인간은 정신을 지탱할 수 없는 존재라고."

"냐옹, 우리 고양이한테는 절망이란 말이 없어요. 때때로 질투를 하거나 사랑을 독차지하려 하기는 해도요."

"물론 질투는 인간에게도 있어. 하지만 절망의 어둠 속에서 희망의 빛을 찾아내려고 모색하는 마음은 인간에게만 있는 거겠지. 또 한 가지, 동물에게는 없고 인간에게만 있는 중요한 것이 있어."

"냐옹, 그게 뭔데요?"

"그건 말이지, 사회와 공공성에 대한 열정이야."

"냐옹, 사회와 공공성?"

"그래. 프로타고라스가 신화에서 한 말이야. 제우스는 인간에게 각각 특수한 전문성을 주었어. 그러나 공동체의 정치에 관한 지식만은 모든 인간에게 평등하게 주었다고 해. 고대 아테네인은 '민회'에서 배를 건조하거나 사원을 세울 때, 반드시 그 분야의 전문가를 불러서 의견을 들었어. 혹시 그때, 비전문가가 참견하려고 하면 아테네 사람은 맹렬한 야유를 퍼부어서 못하게 했다고 해. 그러나 아테네인이 사는 도시의 일반적인 정치문제를 논할 때는 시민 누구나 자유롭게 발언할 수 있었고, 그 말을 경청했어.

소포클레스는 비극 『안티고네』에서 세상에는 놀랄만한 현상이 수없이 많지만, 인간만큼 놀라운 존재는 없다고 말했어. 그리고 인간이 지닌 찬탄할 만한 특성 중에서 가장 뛰어난 것은 스스로 제도를 만드는 강한 열정이라고도 했어. 그 시대의 작가는 사회와 공공성에 대한 관심이 매우 높았지.

만약 공공성에 대한 열정이 존재하지 않으면 우리가 아무리 좋은 책을 쓰고, 좋은 장면을 만들어 내고, 멋진 철학 체계를 만들었다 해도 이 모든 것들이 아무 의미가 없는 것 아닐까? 적어도 나는 그런 생각이 들어."

"냐옹, 인간이란 대단해!"

"냐옹, 역시 당신은 고대 아테네인과 잘 맞아요!"

작가와 알키비아데스 고양이의 대화를 잠자코 듣고 있던 이솝 고양이가 입을 열었다.

"냐옹, 신은 우리 동물에게 몸을 보호할 털을 주었지만, 인간에게는 주지 않았어요. 인간에게는 공동체를 만들 힘, 이를테면 언어나 기술을 주었다고 프로타고라스는 말했어요. 즉, 인간은 사회와 공공성과 떼어서 생각할 수 없는 존재라는 거죠. 실은요.

하지만, 현대에는 인간 개개인의 생활이 너무 바빠져서 옛날처럼 여유 있는 시간을 가질 수 없기 때문에 사회적 자각이 옅어지게 되었어요."

"주권자인 시민은 세금을 낸다는 이유로 나라에서 뭔가 해주기만 바라고 있어. 마치 산타클로스를 기다리듯이. 나도 저기 있는 '인생의 동행자'의 어머니로부터 산타클로스라고 불렸지만, 그 의미는 완전히 달랐지.

게다가 대다수의 시민은 민주주의라 하면 몇 년에 한 번씩 실시되는 선거에서 투표만 하면 되는 것으로 생각하고, 그 투표의 다수결만으로 선출된 정치가는 그걸로 자유와 민주주의가 달성되었다고 자만하지. 그러나 정치가는 일단 당선되면 다음에 재선되는 것에만 관심이 있지, 그 밖의 일은 다 그 다음인 것 같아."

"냐옹, 고대 아테네에서는 선거에서 선출된 자가 제대로 일하지 않으면 시민의 힘으로 언제든 소환할 수 있는 시스템을 가지고 있었다고 해요. 인간이란 것들은 누구나 잘못을 저지를 수 있으니까요."

이솝 고양이는 작가의 말을 수긍하면서도 이죽거리듯

말했다.

다시 작가가 말했다.

"오늘날에는 세계 어느 나라에도 소환 가능한 제도가 없어. 그래서 데모를 하는 거지. 권력은 반드시 부패하는 법이거든. 시민은 자기가 뽑은 대표가 대표라는 이름에 걸맞지 않을 때 파면할 수 있는 권리가 있어. 민주주의 국가에서 사회는 시민에 의해 형성되는 거니까. 시민은 그저 정부가 시키는 대로 따르기만 하는 존재가 아니라는 말이야. 시민은 국가의 주권자이므로 시민에 의해 뽑힌 정부가 시민을 위해 존재하도록 감시하고 요구할 권리가 있어."

"냐옹, 어떻게요?"

이솝 고양이가 귀를 쫑긋하고 물었다.

"데모스 크라토스로! 꽃가게 아가씨든 채소가게 아저씨든, 회사원이든 학생이든 노동자든 농민이든 어른이든 어린이든 모두 데모스로서 힘을 모을 수 있어. 이렇게 데모스가 힘을 모을 때는 명함 교환 따윈 필요 없지. 뜻을 함께하는 데모스가 같은 목적을 향해 마음을 모아 뜨겁게 이어져서 그 수가 하나하나 늘어 몇 만, 몇 십만, 아니 몇 백만 명으로 불어났을 때 사회를 움직일 수 있는 거야. 최고 권력자를 끌어내리는 것도 가능하지. 시민이란 그런 힘이 있어."

"냐옹, 저기요, 저 먼 미래에는 시민들이 자신의 권리를 찾기 위해 촛불을 들고 모일지도 몰라요. 제가 감히 시공을 초월하여 꿰뚫어 보는 고양이의 직관으로 말하는데요, 특히나 저 먼 아시아의 나라 코리아에서는 언젠가 촛불을 든 데모스가 사회를 바꾸는 큰 힘을 발휘할 거예요!"

알키비아데스는 마치 저 먼 미래의 일이 눈앞에 보이기라도 하는 것처럼 말했다.

"냐옹, 고대 그리스의 이솝은 노예의 몸이었지만 자신의 지혜와 상상력을 발휘해서 온갖 역경을 다 극복해 냈어요. 가시밭길을 헤쳐 나가는 건 다른 누구도 아닌 자신뿐이라는 걸 잘 알고 있었죠."

이솝 고양이는 마치 직접 보고 온 것처럼 말했다. 아니, 우주의 소리를 듣는 고양이가 아닌가! 정말 '보고 온' 것인지도 모른다는 생각이 들었다.

"맞아. 고대 아테네에서 노예란 힘든 일을 하는 자가 아니라 자유롭고 대등하게 타자를 향해 언론을 행사하지 못하는 자를 의미했으니까."

"냐옹, 지금과는 완전 다르네요!"

알키비아데스 고양이가 눈을 동그랗게 뜨고 말했다.

"그만큼 주권은 시민 개개인에게 있었다는 말이지. 그게 바로 데모크라티아야.

민주주의는 선거가 전부가 아니야. 데모를 하는 것, 이의를 제기해서 숙의하는 것, 한사람 한사람의 이질적인 가치를 서로 인정하는 사람들이 사회를 이루고 사는 것이지.

그리고 인간의 평등을 철저히 실현하기 위한 수단을 만드는 것, 즉 제도를 만드는 거야. 그러려면, 자신은 나라와 사회를 통치하는 '잘난 사람'이 아니라는 자각을 갖는 것이 중요해."

"냐옹, '잘난 사람'은 인간을 불행하게 해!"

이솝 고양이가 말했다.

"그래, 인류의 대다수는 '잘난 사람'이 아니거든. 인류 대다수의 행복을 추구하는 것이 민주주의라면 '잘난 사람'보다 '보통 사람'이 중요하겠지? 동서고금, 인간은 모두 거기서 거기니까."

"냐옹, 역시 당신하고 이야기할 수 있어서 좋았어요! '잘난 사람은 인간을 불행하게 한다.'는 말, 나랑 같은 이름을 쓰는 이솝 씨가 한 말이에요. 이솝 씨가 쓴 우화 『임금님을 갖고 싶어하는 개구리 이야기』에서요."

"냐옹, 그게 뭔데?"

알키비아데스가 물었다.

"냐옹, 개구리가 하느님에게 좋은 임금님을 보내달라고 빌었다가 물뱀에게 잡아먹히고 마는 이야기야. 하느님은 개구리가 사는 연못에 통나무를 던져 주었지. 그런데 개구리는 아무 일도 하지 않는 통나무를 시시하게 여기고 다시 하느님께 빌었어. 더 똑똑하고 잘난 임금님을 보내달라고 말이야. 하느님은 이번에는 물뱀을 보냈어. 결국 개구리는 자기들이 원한 새 임금님인 물뱀에게 모두 잡혀 먹고 말았다는 이야기야."

"냐옹, 그런 멍청한 개구리들이 있나!"

알키비아데스 고양이가 중얼거렸다.

"'……좋은 임금님(국가)은 아무 일도 안 한 통나무였다……'는 교훈, '잘난 사람은 인간을 불행하게 한다'는 말인 셈이지. 잘난 사람이란 '큰 인간', 보통 사람이란 '작은 인간'이야.

민주주의의 탄생이 제약 없는 질문과 의문을 드러내는 데서 시작하는 철학의 탄생기와 같은 시기였던 것이 나에게는 아주 흥미 깊었지. 모든 것에 대해 권위를 인정하지 않고, 자신의 근본적인 검토에 따라 참으로 비판하는 정신이야말로 그리스의 창조력이니까.

　민주주의는 사회적으로나 개인적으로나 개개인이 원칙을 만든다고 하는 자율성을 토대로 하는 정치체제야. 자율성이 없이 타인에게만 맡겨 두는 정치체제(그 본보기가 지금의 일본이야, 한심하게도!)에서는 의문이나 질문을 가질 여유가 없지. 황제가 군림하는 로마시대처럼 말이야."

"냐옹, 그렇군요. 전쟁이 끝나고, 새로운 시대를 개척할 사상을 찾고 있던 당신에게 인류로서 젊었던 고대 그리스는 한없이 매력적이었겠군요. 그래서 그리스에 관심을 가진 거고요."

　이솝 고양이가 말했다.

"맞아. 고대 그리스라기보다 고대 아테네라고 하는 것이 더 정확하겠지만."

　친한 친구와 이야기를 나눈 듯 이솝 고양이는 흐뭇해 보였다. 평소에는 세상을 비관하는 두꺼비처럼 밉상이던 얼굴이 지금은 더없이 말쑥하고 예리해보였다.

　그에 비하면 작가의 표정은 뭔가 개운치 않아 보였다.

"냐옹, 저기요, 기껏 좋은 대화를 해 놓고 표정이 왜 그래요?"

　알키비아데스 고양이가 작가의 눈치를 보며 말했다.

"……아니, 뭐 좀 생각하느라고."

"냐옹, 뭘요?"

"데모크라티아 말이야."

## 제8장
## 데모스 크라토스여!
Power to the People!

"데모크라티아는 아마도 인류가 살아있는 한, 앞으로도 영원한 과제로 남을 거야. 내가 아직 어렸을 때 공부하기 시작해서 벌써 몇 년인지! 올해 75세이니까 62년 동안이나 쭉 생각해 온 셈이네."

그렇게 말한 작가는, 깊은 사색에 잠기거나 원고가 마음대로 써지지 않아서 지쳤을 때 자주 하듯이 두세 차례 손톱을 물어뜯었다. 그리고 한마디 한마디 음미하듯 말하기 시작했다.

"학창시절, 처음 플라톤의 『소크라테스의 변론』을 읽었을 때 큰 충격을 받았지. 알고 있나? 소크라테스를 재판한 민중법정을 보러 왔던 플라톤이 스승인 소크라테스의 세 시간에 걸친 자기변호를 플라톤식으로 정리한 『소크라테스의 변론』이란 책 말이야."

"냐옹, 당시에는 법정기록이 몇 십 편이나 남아 있었지만 현존하는 건 플라톤과 크세노폰이 쓴 두 편뿐인 것 같아요."

이솝 고양이가 대답했다.

"그 내용 중에 아주 마음에 걸리는 구절이 있어서 말이야. 그로부터 십 년에 걸쳐 소설로 썼어.

원래 대학에서 고대 그리스문학을 전공한 것은 그 소설을 쓰고 싶은 마음이 있어서였어. 미국 유학에서 돌아오는 길에 그리스에 가서 소크라테스가 투옥되어 있었다는 감옥터에서 하루 종일 아크로폴리스를 바라보았을 정도였지."

"냐옹, 질렸다! 십 년이나 걸려서 소설을 써요? 우리 고양이로 치면 평생이나 마찬가진데!"

알키비아데스 고양이가 어깨를 움츠리며 말했다.

"『대지와 별 빛나는 하늘의 아이』라는 소설인데, 그리스에서 대지는 여자, 하늘은 남자를 의미하므로, 즉 인간이야. 소크라테스를 재판한 인간들을 묘사한 소설이지. 그 소설을 쓰고 나서 투키디데스와 플라톤, 아리스토파네스를 다시 읽었어. 이게 무슨 뜻인지 알겠나?"

"냐옹, 역사와 정치의 원리와 인간의 원리, 그러니까 인간의 생활을 말하는 건가요?"

이솝 고양이가 말했다.

"명답이로군. 기묘하게 들릴지 모르겠지만, 내 소설에는 아무래도 이 요소가 들어가지 않으면 스스로 납득이 되질 않아.

그런데 이 작업이 참으로 번거롭기 그지없어. 기원전 5세기의 사람들이 뭘 먹고 어떤 생활을 했는지 모르는 게 너무 많아서 말이야.

가장 알 수 없었던 건 소크라테스를 재판했던 재판소에 지붕이 있었나 없었나 하는 거였지. 문헌을 다 뒤져봐도 그에 대한 기술이 없었어. 그래서 당시의 서양 고전학 대가에게 물었더니, 깜짝 놀라는 표정이었어. 그런 걸 묻는 사람이 없었던 거지. 솔직히 자기도 모르겠다고 하더군."

"냐옹, 아니, 충격 받고, 마음에 걸린 게 뭐였나요?"

이솝 고양이는 흥미로운 작가의 창작에 얽힌 뒷얘기보다 자기가 듣고싶은 대답만 어서 말해 달라는 듯 작가를 채근했다.

"플라톤이 쓴 『소크라테스의 변론』의 마지막 부분에서 소크라테스는 자신에게 사형을 투표한 아테네 배심원들에게 이렇게 말했다고 해.

'……나에게 사형을 내린 여러분, 여러분에게 나는 말하고 싶소. 제우스에게 맹세하건대, 내가 죽은 후, 여러분에게는 그대들이 나에게 내린 사형보다 훨씬 무거운 벌이 내릴 것이오. 여러분이 지금과 같은 행동을 한 것은 자신들의 생활을 비판당하고 싶지 않은 생각에서 그리한 것이 틀림없을 것이오. 그러나 실제로는, 내가 감히 단언컨대, 정반대의 결과가 여러분에게 닥칠 것이오…….'라고 말이지.

소크라테스는 배심원들을 어쩔 수 없는 사람이라고 포기해 버린거야. 그들에 대해서 도전적인 말을 토해냈을 뿐만 아니라 자신은 국가의 영예를 받아야 마땅한 사람이라고까지 주장했어.

원래 이 재판에는 여러 상황이 얽혀 있지만, 우선 앞에 일어난 일들을 알아둘 필요가 있어. 석공과 산파 사이에서 태어난 소크라테스가 소년이었을 때, 아테네는 역사상 처음 등장한 자유주의 정치가인 페리클레스에 의해 황금기를 맞고 있었지.

귀족뿐만 아니라 재산이 없는 대중도 '자유'를 얻었고, '민중법정'을 창시했으며, 국고로 예술을 장려했어. 그리고 대중에게 일과 부를 얻을 기회를 주기 위해 아크로폴리스의 재건과 파르테논신전을 세우는 일대 프로젝트를 추진했지.

소크라테스는 이러한 시기에 자신의 가치관과 신념을 키웠지만, 대다수 아테네 사람의 그것과는 다른 것이었어.

그는 아테네 민주주의의 근간인 모든 시민이 '민회'에서 발언할 권리를 경멸했어. 그리고 좋은 사회를 만들기 위해 필요한 기초적인 '덕'을 시민이 지니고 있다는 사실을 부정하고, '덕'이란 평범한 인간이 전혀 도달할 수 없는 '병'이라고 생각했어.

당시 아고라의 거리에서 설파하는 소크라테스의 견해는 종종 듣는 사람의 증오를 사기까지 했지."

그 말을 듣던 이솝 고양이는 몸을 앞으로 내밀었다.

"냐옹, 그러고 보면 소크라테스의 제자 중에 독재자나 강권적인 정치가가 된 경우가 많기는 하네. 플라톤의 『국가론』도 그렇고, 무엇보다도 소크라테스가 제일 아꼈던 애제자 알키비아데스도 스파르타와의 전쟁에서 무책임한 행동으로 결국 아테네를 망하게 한 장본인이기도 했으니까.

아니 뭐, 같은 이름을 쓰는 너를 탓하는 건 아니고."

이솝 고양이는 힐끔 알키비아데스 고양이의 눈치를 살피며 말했다.

"아니, 아니. 알키비아데스뿐만이 아니야. 소크라테스의 제자 크리티아스는 아테네가 스파르타에 의해 멸망한 후에 들어선 '30인 정권'이라는 과두공포정치의 우두머리로 사상 첫 '로베스 피에로'라고 불릴 정도야.

아테네인은 이 공포정치를 체험한 덕분에 소크라테스를 새로운 시각으로 보게 되었어. 그는 이제 무해한 '길 위의 이상한 노 철학자'가 아니었어. 그의 가르침은 인간의 정신을 타락시킬 위험한 힘을 가지고, 폭군과 보통 사람의 적을 양성하는 논리로 비춰졌어.

크리티아스 등의 폭력정치 아래에서 탄압을 받거나 해외로 망명해 있던 사람들이 저항운동을 일으켜서 다시 민주정치가 부활했을 때 사람들은 소크라테스를 기소했지.

이것이 소크라테스의 재판이야.

그러나 인간사회는 정말 단순하지 않아서 소크라테스를 고소한 세 명 가운데 주요인물인 아뉘토스는 민주화운동의 투사이기는 하지만 최초로 배심원을 매수한 인간이며, 소크라테스에게 개인적인 원한도 가지고 있는 등 복잡해.

소크라테스 식의 현인정치란, 예를 들어 피리소리가 필요할 때는 피리연주가를 고용하듯이 어느 분야이든 각각 전문가가 필요하다는 거지. 그런데 정치는 전문가가 아닌 그저 그런 보통 사람이 하기 때문에 잘못 된다는 거야.

정치는 더욱 더 현명하고 훌륭한 사람에게 맡겨야 한다는 거지. 그런데 이러면 민주주의가 파괴되어 버리고 말아. '작은 인간'의 힘을 믿지 않고 '큰 인간'이 행사하는 힘에 맡겨두는 거니까. 즉 소크라테스의 사상은 독재정권으로 가는 길을 열어주는 게 되는 거야.

소크라테스를 고소한 주요 이유는 그게 다가 아니야. 나라가 정한 신을 믿는가의 여부. 그리고 소크라테스는 '미소년'들의 우상이었거든. 그의 언설은 젊은 청년 귀족에게 절대적인 인기가 있었어. 실제로 반민주적인 행동이나 언설을 하는 젊은이를 가리켜서 '소크라테스화 한 청년'이라고 불렀을 정도였지. 그래서 젊은이를 미혹시켰다는 죄목까지 있었어.

그러나 그리스의 신 제우스의 행실만 따져 봐도 못 말리는 성생활 문란자일 뿐이지. 그 시대의 그리스인은 그런 신을 숭배하고 있었으니, 소크라테스가 소송에 말려든 것은 그의 정치적 견해 때문이었을 뿐 종교적 이유나 젊은이들을 타락시켰다는 이유는 구실에 불과했을 거라고 생각돼.

그리스의 재판은 철저한 배심제였어. 기소하는 것도 시민, 판결을 내리는 것도 시민이고, 제비뽑기로 선발된 501명의 시민 배심원이 재판을 맡게 되지."

"냐옹, 왜 배심원의 수가 딱 500명이 아니고 501명이에요? 무슨 뜻이 있나요?"

알키비아데스 고양이가 작가의 말에 끼어들었다.

"그건 말이야, 우수리를 둠으로써 시민 배심원 한사람 한사람의 판단이 얼마나 중요한가를 인식하기 위한 거야.

재판은 두 차례에 걸쳐서 진행되는데, 첫 번째 재판에서는 피고소인의 변론을 듣고 유죄인가 무죄인가를 투표하지. 여기서 유죄라고 결정되면, 두 번째 재판에서는 투표 전에 어떤 형벌이 적당한지 유죄선고를 받은 당사자와 고소인이 서로 자기 의견을 변론해.

첫 번째 재판에서 유명한 소크라테스의 연설 후에 판결을 내렸을 때, 유죄와 무죄의 차이는 60표 정도였어. 501명의 배심원 중 30명 정도만 더 무죄로 투표했다면 소크라테스는 무죄가 될 수 있었던 거지. 그런데 두 번째 재판에서는 압도적 다수의 배심원이 소크라테스에게 사형을 선고

했어.

　어떤 형벌이 적당한가를 결정하는 두 번째 재판의 변론에서 소크라테스는 자신은 그런 형벌을 받을 이유가 없으며, 오히려 국가로부터 영예를 받아야 할 정도라고 말해서 많은 배심원의 분노를 샀지."

"냐옹, 그러지 않았으면 좋았을 텐데, 소크라테스는 그게 안 되면 약소한 벌금 정도는 낼 수 있다고 했어요."

이솝 고양이가 거들어서 말했다.

"고소한 쪽은 소크라테스가 국외 추방을 원할 거라고 생각했어. 만약 그랬다면 사형까지는 되지 않았을 텐데. 그러나 첫 번째 재판에서 무죄에 투표했던 배심원 중에 분노를 느끼고 의견을 바꾼 사람이 있었어. 80명가량의 배심원이 마음을 바꾸는 바람에 압도적 다수의 표결로 사형을 받게 된 거야."

"냐옹, 어렵군. 까다로워!"

알키비아데스 고양이는 생각에 잠긴 시늉을 했다.

"그래, 이게 문제점이야. 우선 소크라테스는 옳은가 하는 문제야. 세상에는 소크라테스의 언설은 하나부터 열까지 다 옳다고 생각하는 사람이 많겠지만, 그건 맞지 않아. 그가 말하는 대로라면 마지막에는 민주주의를 부정하게 되지. 민주화운동의 투사 아뉘토스도 칭찬받을 인물은 아니었어. 그런 점에서 말이야, 민주주의는 복잡하고 번거롭지만 흥미로운 거야.

잘 생각해 봐. 무죄라고 투표했던 사람 중에 변심한 사람이 80명이나 되었다는 점을."

"냐옹, 그러니까, 투표할 때 깊이 생각하지도 않고 그때그때 기분에 따라 이쪽으로 쏠렸다 저쪽으로 쏠렸다 하면서 한 표를 행사하는 것. 감정에 휩쓸려서 경거망동하고, 순식간에 의견을 바꿔버리는 것, 이런 일이 벌어지면 어찌 되겠나! 이것이 데모크라시를 생각할 때 중요한 문제겠네!"

이솝 고양이가 말을 받았다.

"학생 시절 이 책을 읽었을 때, 나 스스로 이 80명과 같은 사람은 아닌지 회의가 들었어. 민주주의가 무엇인지 깊이 생각해 보지 않고 하루하루 사는 건 아닌가 싶었지."

"냐옹, 당신 같은 분도 그런 생각을 해요? 세상에는 공부를 많이 한 사람일수록 자칭 부화뇌동하지 않는 현자인 척, 언제나 높은 곳에서 세상을 내려다보며 통치자라도 된 듯한 사람이 많은 것 같던데, 당신은……."

알키비아데스 고양이가 말문이 막힌 듯 하던 말을 멈추

자, 이솝 고양이도 어이없다는 듯 어색한 웃음을 지었다.

"누가 뭐라던 나는 늘 자신을 '작은 인간'이라고 생각하고 있어.

내가 아리스토텔레스를 위대하다고 생각하는 점은, '데모크라시란 갖지 못한 자를 위한 정치'라고 말한 거야. 아까도 말했듯이, 세상에는 힘을 갖지 못한 '작은 인간'의 수가 힘을 가진 '큰 인간'보다 압도적으로 많다는 것을 생각할 필요가 있어. 예를 들어 미술관이나 화집에서 왕조 귀족의 행렬을 그린 옛날 그림을 본 적이 있지? 그걸 보면서 나는 늘 상상하곤 해. 내가 만약 이 그림 속에 있다면, 왕이나 귀족이 아니라 가마꾼쯤이었을 거라고."

"냐옹, 그럴 리가! 당신은 대체……."

알키비아데스 고양이가 호들갑스레 말했다.

"냐옹, 뻬사젤 나로드●네!"

이솝 고양이도 거들며 중얼거렸다.

"내가 오랜 세월 여러 일을 하면서 생각해 온 결론인데 말이야.

'큰 인간'이라는 존재가 그 큰 힘으로 정치, 경제, 문화의 중심을 만들지. 그에 대해 '작은 인간'은 무엇을 하는

● 민중작가

가. '큰 인간'이 개인의 문제든 제도의 문제든 반드시 좋은 것을 만들어낸다고는 할 수 없어. 반드시 엉망으로 만드는 경우가 있지. 그때 '작은 인간'이 자신들의 작은 힘을 믿고 반대하고 항의하고 고치게 만들고, 변경, 변혁시키는 것, 이것이 '작은 인간'이 할 일이야.

나는 이것이야말로 데모크라시라고 생각해. 데모스 크라토스가 '큰 인간'의 잘못을 시정하는 거지. 그 대표적인 것이 전쟁에 반대하는 거야."

"냐옹, '큰 인간'이 아무리 전쟁을 일으키려고 해도 '작은 인간'이 함께 움직이지 않는 한 전쟁은 할 수 없는 거니까요."

이솝 고양이가 철학자 같은 말을 했다.

"동서고금, 인간은 전쟁만 하고 살아왔어. 만약, 반전이라는 것이 없었으면 인류는 벌써 오래 전에 멸망하고 말았을 거야. 그렇게 생각하면 '정의를 위한 전쟁, 평화를 위한 전쟁'이라는 건 정말 이상한 말이지. '작은 인간'에게 무엇보다 그럴싸한 존재가치가 있다고 하면 그건 전쟁에 반대할 힘을 발휘하는 게 아닐까? 어때?"

갑자기 질문을 받은 알키비아데스 고양이는 조금 당황한 표정으로 이솝 고양이를 쳐다보며 말했다.

"냐옹, 또 용기가 필요한 얘기네요. 그 옛날 나와 같은 이름을 썼던 알키비아데스와 같은 가당찮은 용기는 없지만, 개미처럼 작은 존재라도 무수히 모여 힘을 모으면 무거운 바위라도 움직일 수 있겠네요."

알키비아데스 고양이가 평소답지 않게 말했다.

"냐옹, 그건 내가 해야 하는 말인데! 아무튼 소크라테스는 감옥에서 사형을 기다리는 동안 이솝 우화를 읽었다고 하니까."

작가는 두 고양이가 주고받는 말에 흐뭇해하며 마지막으로 덧붙였다.

"'큰 인간'은 자기들이 만든 세력, 조직, 운동 등등으로 '작은 인간'을 끌어들여서 와해시킬 우려가 있어. '작은 인간'은 어떻게 해도 말려들기 마련이지만, 말려들면서 되돌리는 힘을 가지고 있지."

알키비아데스 고양이는 무슨 생각을 했는지, 작가의 마지막 말을 들은 뒤 급히 아테네신전의 원기둥으로 달려가서는 마치 무대 위 무희처럼 몸을 좌우로 비틀며 기다란 네 다리를 맵시 있게 쭉 뻗었다. 그리고 꼬리를 우아하게 목덜미 쪽으로 말아 올렸다. 마치 윤기 나는 까만 벨벳 초커를 목에 두른 것 같았다. 그리고 '말려들면서 되돌리는'

동작을 되풀이하는 것처럼 자신의 목덜미에 말아 올린 꼬리를 감았다 풀었다 했다.

이솝 고양이는 땅바닥을 내려다보며 중얼거렸다.

"냐옹, 여기 있는 개미들도 오늘 우리가 한 얘기를 들었을까? 흠흠, 쥐들이 와서 방울을 달기 전에 물러가야겠네."

해가 기울기 시작했다.

이제 아소스의 경치를 보는 것도 마지막이다.

우리는 호텔로 돌아가서 잠시 쉴 마음에 아테네신전을 뒤로 하고 언덕길을 내려왔다.

내일은 드디어 트라브존으로 간다.

**제9장**
## 트라브존의 고양이
A stray cat in Trabzon

그리스에 작별을 고하는 것은 서양에 작별을 고하는 것이라고 작가는 말했다. 대체 그리스세계는 어디에서 시작하여 어디에서 끝나는 것일까?

이스탄불도, 트로이도, 아소스도, 옛날엔 동그리스세계였다. 에게해와 지중해 연안에 세워진 그리스 식민도시는 원래는 비서양지역이었다. 실로 중동이라고 불러야 마땅한 서양과 동양의 중간에 자리잡은 곳이기도 했다.

지금부터 향하는 트라브존도 고대 그리스가 만든 일대 식민도시였다.

이번 여행의 목적은 무엇이었던가?

작가가 어린 시절 체험했던 야만과 음습으로 가득한 전쟁, 그리고 전후 가치관의 전복과 함께 어른들이 보여준

무절조한 변모의 양상은 사춘기 작가를 회의하지 않을 수 없게 만들었다. 그것은 동경했던 문명에 대해서도 밝은 면뿐만 아니라 그 뒤에 숨겨진 기만까지 꿰뚫어보는 '눈'을 키웠다. 작가가 이후로도 평생에 걸쳐 지니게 된 눈이었다.

작가에게 문명이란, 누구에게도 죽임을 당하고 싶지 않으며 누구도 죽이고 싶지 않은 것, 서로 인정하며 대등하고 평등하게 사는 것이 가능한 자유로운 상태를 의미했을 것이다.

문화란 그 토양과 풍토에 사는 사람들의 삶에서 비롯된다. 부모에게서 자식에게로, 자식에게서 손자에게로 언어와 식습관, 생활방식 등등, 무수한 기억이 몇 만 년 동안 멈추지 않고 강물이 흐르듯 세대에서 세대로 전해졌다.

작은 공동체에서 시작된 인간의 문화적 영위는 생명기원의 비밀과도 같이 맹그로브의 뿌리처럼 공동체에서 공동체로 퍼져 나갔다. 그것은 다른 문화와의 조우를 의미한다. 이렇게 하여 서로 다른 문화 사이의 교류가 시작되었다.

이질의 문화와 문화를 연결하는 것, 그것이 문명일 것이다. 작가는 진작부터 "데모크라시란 이질적인 가치가 공생하는 것이다."라고 주장해왔다. 데모크라시는 작가의 문명관에서 빼놓을 수 없는 중요한 요소였다.

서양문명의 원천을 재조명해 보려는 이번 여행은 작가에게 만족스러운 여행이 아니었을까! 비록 이번 여행이 나빠진 몸 상태로 인한 피로곤비를 수반한 것이었다 해도 작가의 정신은 여행 내내 고요한 고양감과 유쾌함으로 충만해 있었던 것처럼 느껴졌다.

나는 어떤가? 솔직히, 복잡한 마음이었다고밖에 말하지 않을 수 없다. 이 여행에서 돌아온 지 석 달 후, 작가는 이 세상을 등졌으므로…….

우리는 각자 나름의 여행 목적을 가지고 있었다.

작가의 목적이 '서양문명의 원천'을 보는 것이었다면, 나는 다른 한쪽인 '동양문명의 서쪽 유역'을 접해 보고 싶었다. 양쪽을 합하면 그야말로 '유라시아대륙 유람'이 아닌가, 하고 처음에는 의기 충만했지만 작가의 여행 보폭은 이전과 달리 느렸다. 도중에 너무 힘들어 하는 작가에게 이쯤에서 돌아가자고 몇 번이고 권했지만 작가의 의지는 흔들리지 않았다.

그리고 여행의 마지막 목적지인 트라브존까지 이스탄불에서 한달음에 날아가게 되었다.

트라브존으로 가는 공항 대합실은 얼핏 지금부터 가려고 하는 곳이 중동이라기보다 중앙아시아 입구에 가까운 곳임을 느끼게 해주었다.

　우리와 대각선으로 마주보는 위치에 앉아 있는 열살쯤 된 여자아이를 발견한 나는 순간 넋이 나간 듯 그 얼굴을 바라보았다. 윤곽은 계란형이라기보다는 대추야자형이라고 하는 편이 정확할지 모르겠다. 시원스레 긴 눈초리가 초승달처럼 생긴 눈썹과 딱 잘 어우러진 얼굴이었다.

　나는 이 얼굴이야말로 서양도 동양도 아닌 얼굴이라고 감탄하지 않을 수 없었다. 보티첼리의 비너스보다 섬세하고 당삼채의 미인상보다 아름답고 우아한 얼굴 생김새가 발산하는 매력에 반한 나는 작가에게 한바탕 내 감동을 쏟아냈다. 마침 카메라를 목에 걸고 있던 작가는 나의 성화에 못 이겨 그 얼굴을 사진으로 담았을 정도였다.

　여자아이 옆에는 아빠인 듯한 젊은 남자와 할머니로 보이는 연배의 부인, 이렇게 셋이서 트라브존으로 가는 비행기를 기다리고 있었다.

　1983년 무렵이었던가, 역시 작가와 둘이서 실크로드의 도시 카슈가르를 걷고 있을 때 만난 위구르족 소녀의 얼굴과 중앙아시아의 카자흐스탄에서 만났던 긴 눈초리에 빨려들어 갈 듯 초롱초롱한 눈동자를 가진 여성의 얼굴이 공항 옆자리에서 만난 소녀의 얼굴에 오버랩되어 떠올랐다.

중앙아시아 위구르족의 조상은 기원전 유라시아 초원에 최초로 출현했던 유목민국가 스키타이에서 시작되어 그 후 흉노와 돌궐 등 터키계의 민족으로 이어지는데, 인종적으로 그들은 인도 아리아계에 속한다고 위구르족인 지인이 알려주었다.

그들은 8, 9세기 경, 이 지역 오아시스에 정착하여 이슬람교를 받아들였으나 아리아계의 피를 물려받은 것은 분명하다.

예로부터 트라브존은 '동'과 '서'의 교차점이었기 때문에 내가 본 그 '서도 동도 아닌 얼굴'은 당연한 모습일 것이다.

그 얼굴을 보니 자꾸 이런 생각이 들었다.

생명의 다양성이 헤아릴 수 없는 풍요로움과 가능성을 키우듯 인종 다양성의 공존은 우리가 이해하고 있는 것 이상의 지혜와 창조를 낳는 것이 아닐까 하는.

역사의 아버지 헤로도토스는 기원전 터키 중앙부에 자리잡은 그리스인의 나라에서 태어났다고 한다. 그곳은 서

방의 이탈리아인, 그리스인, 터키인과 동방의 페르시아인이 뒤섞여 살고 있던 지역이었다.

고대 그리스에서는 지금 말하는 '국가'라는 개념은 없었다고 한다. 그보다 '어떤어떤 사람들이 사는 나라', 이를테면, 아테네인이나 스파르타인, 마케도니아인 등이 제각각 '사는 곳'을 가리켜 '폴리스'라고 불렀다. 아리스토텔레스가 말하는 '폴리스'란 단순히 '도시를 중심으로 한 국가'가 아니라 시민에 의해 형성된 '시민국가'를 가리켰다. 헤로도토스에게는 그리스 중심주의가 없다고 작가가 감탄했던 것이 납득이 된다.

나는 섬씽 스페셜한 '서도 동도 아닌 얼굴'을 문화의 다양성이 가져다 준 선물이라고 확신하면서 지금부터 향하는 트라브존에 대한 상상의 나래를 펼쳤다.

기원전 7000년 무렵, 트라브존에는 이미 사람이 살고 있었다.

어디어디 사람이라고도, 무슨무슨 부족이라고도 할 수 없는 사람들이 배후를 지켜주는 산과 전방에 펼쳐진 흑해의 혜택을 누리며 살고 있었다.

트라브존은 흑해의 동쪽 끄트머리 가까이 위치한 항구

도시로 이스탄불에서 약 1,200킬로미터 떨어져 있다. 이스탄불보다 이란이나 아르메니아, 아제르바이잔, 그루지야(조지아) 등이 훨씬 가깝다.

그리고 똑바로 남쪽으로 내려오면 시리아다. 이곳에는 서기 3세기 무렵에 유프라테스 강에서 팔레스티나, 이집트로 이어지는 '바다의 실크로드'의 요충지로서 번성했던 팔미라왕국이 있었다. 클레오파트라보다 인간적으로 훨씬 뛰어났다고 하는 팔미라왕국의 여왕 제노비아는 작가가 흥미로워했던 인물이었다.

서기 3세기 무렵의 로마시대, 지배자와 귀족은 자신의 교양과 존재가치를 높이기 위해 몰래 그리스인 철학자를 궁정이나 자택으로 불러 강의를 들었다고 한다. 여왕 제노비아는 카시우스 롱기노스라는 그리스인 철학자를 고용했는데, 작가가 대학 졸업논문으로 쓴 『숭고에 관하여』의 저자 '롱기노스'와는 다른 사람이다.

『숭고에 관하여』의 저자 '롱기노스'는 '고대 그리스 최후의 비평가로서 넓은 의미에서는 세계 최초의 비평가'이다. 그에 따르면, 문학이란 치유 받는 것일 뿐 아니라 인간의 정신을 보다 고차원의 것으로 높이는 것이며, 이는 작가의 평생에 걸친 문학적 지표이기도 했다.

'롱기노스'가 이 유니크한 책을 쓴 서기 1세기 무렵의 로마시대는 그리스문학이 이미 쇠퇴한 지 오래였다. 작자가 자신의 필명을 '롱기노스'라고 인용부호를 붙여서 쓸 수밖에 없었던 까닭은 언론의 자유가 없던 로마시대에 살았던 철학자가 그리스문학의 진수를 후세사람에게 전하려면 실명을 밝힐 수 없어서일 것이다.

팔미라왕국의 카시우스 롱기노스와 『숭고에 관하여』의 '롱기노스'는 전혀 다른 인물이기는 하지만, 둘은 오랫동안 서로 혼동되어 쓰여 작가는 두 사람의 '롱기노스'에 관해 속속들이 꿰뚫고 있었다.

팔미라왕국이 로마에게 멸망되자 제노비아 여왕은 황금사슬에 묶여 로마로 붙잡혀 왔는데, 로마에서 주는 음식을 입에도 대지 않고 아사했다고 한다.

사십여 년 전, 팔미라 유적이 아직 세계유산으로 등재되지 않았을 때, 학창시절부터 언젠가 꼭 찾아가보고 싶어했던 이 유적을 여행한 작가는 사막에 남아 있는 타일조각을 현지인 친구에게서 얻어 왔다. 지금도 방 한쪽에 걸려 있는 그 타일은 보는 사람의 눈을 즐겁게 해주고 있다.

이 유적이 지금은 아랍 과격파에 의해 무참히 파괴되고 있다는 소식을 들으니 안타깝기 그지없다.

흑해는 신기한 색을 띤 바다다.

우리가 찾았을 때는 4월 초순, 구름이 옅게 드리운 하늘 아래로 보는 바다는 어딘가 모르게 검보랏빛을 띠고 있는 것처럼 보였다. 그 색은 칠흑이 아니라 한없이 깊고 아득한 빛깔이었다.

흑해의 가없음은 그 빛깔만이 아니다.

실크로드의 교역이 번성했을 무렵, 여기 트라브존은 그 교역의 서쪽 종착점으로서 많은 물자가 모이는 곳이었을 뿐 아니라 이 항구를 떠난 교역선은 보스포루스해협을 통과하여 에게해와 지중해로 나가는 서쪽 현관이기도 했다. 지도가 없던 시대에 사람들은 어떤 여행을 했을까 생각하곤 한다.

트라브존에 머문 것은 단 하루뿐이었으나, 이번에도 우리가 늘 하는 여행 스타일로 시작되었다.

우선은 시장 둘러보기다. 우리는 가장 오래된 길로 알려진 골목길에서부터 걸었다. 아마도 실크로드 서쪽 끝 지역이었을 무렵부터 여러 형태로 모습을 바꿔가며 존재했을 그 골목길은 마치 비밀스런 매력으로 가득한 장난감상자 같았다. 완만하게 비탈진 골목길을 한참 걷다가 갑자기 큰

사거리가 나오고 차와 사람이 꽤 지나다니는 걸 보고서야 미로를 빠져나왔다는 걸 알았다.

　문득 뒤쪽에서 우리를 부르는 소리가 들렸다.

　"뭐 곤란한 일이 있으면 말씀해 주세요. 외국인을 보면 뭐라도 도와드리고 싶어서요."

　무뚝뚝하게 생긴 덩치가 큰 남자가 유창한 영어로 말했다.

　작가와 나는 멈춰 서서 마주보고 웃었다.

　"터키 사람은 옛날부터 친절하기로 유명하지!"

　'왜 아니겠어요!'

　명쾌한 작가의 말에, 나 또한 마음 속으로 진하게 동의하면서 처음 만나는 이국땅에 친밀함을 느꼈다.

　길에서 만난 덩치 큰 남자의 친절에 의지하지 않고 거리 중심부까지 걸었을 때 작가가 느릿느릿 말했다.

　"이 마을에서 가장 맛있는 피시 레스토랑이 어딘지 물어 봅시다."

　"그래요."

　나는 한마디로 대답하고 마침 앞쪽에서 걸어오는 젊은이에게 물었다. 이곳에 사는 대학생이라는 젊은이는 바로 가까이에 좋은 레스토랑이 있다고 가르쳐주었다.

젊은이가 말한 곳에 도착해 보니 피시 레스토랑으로 이름이 많이 알려진 식당 같았다. 에게해와 지중해에서 유명한 정어리 요리는 여기 흑해에서도 마찬가지인 듯 메뉴 중에서 가장 눈에 잘 띄도록 적혀 있었다. 곧바로 좋아하는 흰 살 생선과 함께 정어리 요리를 주문했다.

가게 안은 몇몇 물고기 문양으로 예쁘게 디자인된 터키식 흰 타일이 벽면을 장식하고 있었다. 아담한 식당이었지만 정말 '맛있는 생선집'이라는 것을 무언으로 말해주듯 분위기가 좋았다.

외국인인 우리에게 흥미를 느낀 식당주인은, "식사 후에 후식으로 터키과자를 드시면 좋다."라며 옆가게를 추천했는데, 단 것을 워낙 좋아하는 작가는 여행 안내서에서 이미 그 집에 관해 알고 있었다.

옆가게에는 이스탄불의 과자가게에서 먹었던 그 달콤한 바클라바 비슷한 것이 가느다란 나무 테두리가 둘러진 유리 케이스 안에 가득 진열되어 있었다. 가게 안이 여성보다 남성 손님들로 북적이는 것이 인상적이고 재미있었다.

맛있는 생선 요리로 이미 잔뜩 배가 불렀지만, 역시 달콤함과 호기심의 유혹을 물리치기는 어려웠다. 조금만 맛을 보기로 하고 한입 베어 물자 입안 가득 퍼지는 그 달콤함이라니!

트라브존은 조금 높은 테이블 모양으로 솟아 있는 울창한 삼림을 배후에 두고 있다. 이 숲에서 피는 온갖 꽃에서 채취되는 꿀은 맛있기로 유명하다. 그 꿀이 아낌없이 들어간 달콤함인 것이다.

트라브존이라는 이름은 기원전 5세기 무렵, 고대 그리스가 식민지를 세울 때, 그 테이블 모양의 산지에 성새를 만든 것에서 유래했다고 한다. 그리스어로 '테이블'을 의미하는 '트라베자'에서 온 것이다.

과자가게를 나온 우리는 택시를 타고 아야 소피아로 갔다. 사람이 모이는 시장을 좋아하는 작가는 마찬가지로 사람이 모이는 사원과 기도하는 장소에도 흥미가 많았다. 이곳은 옛날에 '신의 예지'를 뜻하는 '하기아 소피아'라고 불렸던 기독교 사원이었다. 나중에 모스크로 바뀌었고, 지금은 박물관으로 사용되고 있는, 이 도시에서 으뜸가는 관광 명소다.

13세기에 건축된 비잔틴 양식의 이 사원은 하늘을 찌를 듯한 첨탑은 없다. 둥근 공을 반으로 잘라 놓은 듯한 돔 형태의 지붕은 흑해의 그윽한 빛을 배경 삼아 한층 더 아름답게 정채를 발산하고 있었다.

건물 안은 아담과 이브의 낙원 추방을 그린 프레스코화와 바닥의 대리석 문양만 남아 있었다. 그 밖에는 휑한 느낌만 강하게 들었는데, 이 지역에서 자주 벌어졌던 종교와 권력의 패권다툼에서 일어난 전쟁의 역사를 상상했기 때문일 것이다.

썰렁한 사원을 한 바퀴 둘러보는 데는 그다지 긴 시간이 걸리지 않았다. 밖으로 나온 나는, 옛날 여러 채의 건물이 있었음을 상기시켜주는 무너진 주춧돌을 바라보며 누군가를 기다리고 있었다.

이곳에도 틀림없이 고양이가 있을 거라는 희미한 기대였다. 나의 오감은 조금이라도 움직이는 것이 있으면 즉시 반응했다. 그리고 마침내 한 마리의 고양이를 발견했을 때의 그 형언하기 어려운 감각이 지금도 잊히지 않는다.

내가 먼저 발견했건만, 고양이는 느긋하게 작가 쪽으로 다가갔다.

'냥이야, 이쪽이야!'

소리쳐 부르고 싶었지만, 고양이는 자기를 예뻐해 주는 사람을 따르는 습성이 있음을 아는 나는 가만히 바라볼 수밖에 없었다.

"저기요, 또 고양이가 왔어요!"

좋아하는 고양이가 와서 발밑을 아슬랑거리는 것도 모른 채, 그저 흑해의 풍경만을 바라보고 있던 작가는 내 말소리에 고개 숙여 발밑을 보았다. 작가와 고양이의 눈이 마주쳤다. 고양이가 말했다.

"냐옹, 나, 당신 알아요!"

"어떻게 나를 안다는 거야?"

"냐옹, 나는 유라시아대륙 동방에 붙어 있는 코리아란 나라에 뿌리를 두고 있는 남자가 기르던 고양이에요. 그 남자 이름은 '노란 킴'인데, 노란은 노랑색, 킴은 금색, 그러니까 황금이란 뜻이에요. 그 사람은 자기가 코리안이면서 미국인이면서 또 스웨덴인이라고 했어요. 그리고 나를 '오랜 킴'이라고 불렀어요. 오랜이란 한국어로 오래 되었다는 뜻인데, 주인은 무슨 생각인지 나한테 그런 이름을 지어줬어요. 좀 별난 사람이었거든요."

"그게 무슨 말이지?"

"냐옹, 내 주인은 1953년 한국전쟁이 끝나자 고아로 미국으로 입양되었다고 해요. 그러다가 베트남전쟁이 시작되어 열여덟 살 때 베트남으로 갔대요.

그 전쟁은 '더러운 전쟁'이라고 불리는데, 아시아 사람인 내 주인 노란 킴에게는 특히 혐오스러운 전쟁이었어요.

미국의 대의명분보다 노골적인 인종차별로 서로를 죽인 전쟁이었죠.

　미군에는 베트남전쟁에서 몇 년을 복무한 병사에게 휴가를 주는 제도가 있어서 내 주인은 일본으로 갔대요. 당시는 세계적으로 베트남전쟁에 반대하는 움직임이 활발했고, 일본에서도 반전 평화운동이 매우 활발했어요. 뿐만 아니라, 미군에서 탈주하는 병사가 유럽과 일본에서 계속 나왔어요.

　노란 킴은 일본의 '베헤렌'이라는 반전 시민운동에 도움을 요청해서 탈주했대요. 온갖 우여곡절 끝에 스웨덴으로 건너가서 스웨덴 사람이 되었고요.

　그로부터 십 년이 지난 후에 자기가 태어난 나라인 한국에 가서 부모를 찾으려고 했지만 못 찾고, 일본으로 가서 예전에 자기를 도와준 '베헤렌' 사람들과 재회했을 때 당신을 만났다는 얘기를 들었어요."

　"아, 노란 킴이라면 잘 알지."

　"냐옹, 내 주인의 인생은 이유 있는 삶이에요. 그 후 전 세계를 돌아다니고 있어요. 이유 있는 삶이라는 점은 나하고도 좀 닮긴 했어요."

　"오, 이유 있는 삶이라! 나는 예전부터 다른 사람의 비밀이나 사연 같은 거에는 별 흥미 없는데."

"냐옹, 왜요? 당신은 작가잖아요? 작가는 비밀이나 감춰진 사연 같은 거, 좋아하지 않나요?"

"글쎄! 젊었을 때는 누구나 그런 호기심을 가질지 몰라도 나는 아닌 걸. 대개, 비밀이라든가 사연이라는 건 그 당사자가 감추고 싶은 거지? 그걸 무리하게 밝히게 하는 건 내 취미는 아니야. 어쩌다 알게 되는 경우도 있지만, 그것도 나한테 썩 기분 좋은 일은 아니야. 무엇보다도, 나는 작가니까 당사자가 말한 것보다 몇 갑절 더 보태서 상상하게 되거든. 그 배경으로 떠오른 여러 사실들 말이야. 그러니 그런 건 들춰내는 게 아니야."

"냐옹, 기껏 재미있는 얘기를 해주려고 했더니 김빠졌네!"

"아니지, 본인이 기꺼이 해준다면야!"

고양이는 히죽 웃으며, 조그만 혀로 날름 입가를 핥았다.

"냐옹, 그럼 시작해볼까요! 내 주인 노란 킴은 실은 전쟁고아가 아니었던 것 같아요. 한국전쟁은 동족간의 상쟁이었지만, 미국과 옛 소련을 중심으로 하는 '동서'진영의 대리전쟁이기도 했어요. 제2차세계대전 후, 이제 다시는 전쟁은 없을 거라고 생각하던 터에 일어난 전쟁으로, 그 전쟁 와중에서 살아야 했던 사람의 삶이 얼마나 비참한 것이었는지 보여주는 하나의 예가 노란 킴의 사연이에요.

 한국전쟁 휴전 직후, 한국에 있던 프랑스 선교사의 자선 시설에서 겨우 밥을 얻어먹을 수 있게 된 그는 날마다 거기서 살다시피 했대요. 집에 돌아가도 먹을 게 아무것도 없었으니까요. 그렇게 지내던 터에 주위에서 하나둘 미국으로 입양되어 한국을 떠나는 친구들이 늘어났어요. 그래서 자기도 고아라고 속여서 미국에 양자로 갔대요. 그게, 다섯 살 때예요."

 "허허 참, 그런 일이!"

 "냐옹, 내 주인 노란 킴은 늘 이런 말을 하곤 했어요. 일본에서 만난 이름도 모르는 많은 사람은 정말 감동적이었고, 무엇보다도 일본사회 전체가 전쟁보다 평화를 추구하는 분위기로 충만해서 속이 트이는 것 같았다고요.

 아시아 사람인 그에게는 일본의 길거리며 사람들의 그 독특하고, 뭐라 말할 수 없는 평화로운 분위기가 더없이 좋았대요.

 양자로 입양되어 간 미국은 백인 마초들이 활보하는 중서부였기 때문에 노란 킴처럼 몸집이 조그만 전형적인 아시아인은 놀림감이 되기 쉬웠죠. 아직 흑인 공민권운동도 일어나지 않았던 인종차별의 시대였으니까요. 아시아의 가난한 나라에서 온 노란 킴은 이루 헤아릴 수 없는 편견과 차별로 고독했던 것 같아요.

베트남전쟁에서는 고독함뿐만 아니라 무엇으로도 구원받기 어려운 정신 붕괴를 겪었다고 해요. 그런 상태였던 만큼 일본에서의 체험은 도피 중이었음에도 불구하고 아름다운 추억으로 남아 있대요."

"아, 그 얘기는 나도 들었네. 그래서 그 후에는 어찌 됐나?"

"냐옹, 그 후로도 그의 고독한 인생은 계속 이어졌어요. 어떻게 됐냐면요, 어디서 어떻게 정보를 얻었는지 중앙아시아의 카자흐스탄과 우즈베키스탄에 코리안이 많이 살고 있다는 걸 알고 거기 사는 코리안을 만나러 갔어요."

"그렇군. 그건 어떻게 된 건지 알 것 같아. 그러니까, '역사'와 '국가'와 '개인'의 문제지. 근대가 막을 올릴 때 식민지에 살게 된 사람은 좋든 싫든 자신의 인생에 닥쳐오는 얄궂은 역사와 국가의 무자비함을 맛보게 되는 거야. 더구나 국가는 정치를 매개로 개인의 인생을 무겁게 짓누르지. 중앙아시아의 코리안도 일본이 한반도를 식민지로 삼지 않았으면 그 머나먼 땅에 가 있을 리가 없는 사람들이니까.

그래서 어찌 됐는데?"

"냐옹, 뭐가요?"

"뭐긴? 노란 킴 말이지."

"냐옹, 아, 노란 킴. 그는 거기서 많은 코리안 커뮤니티를 접했지만, 한반도가 두 개의 나라로 나뉘어 대립하고 있는 구도가 그 먼 외국 땅에서도 그대로 존재하는 사실에 진절머리가 났대요. 그래서 이번에는 스위스로 갔어요."

"오!"

"냐옹, 스위스에는 남북한 대표부가 대등하게 있으니 얼마간 기대하고 간 거였어요. 하지만 거기서도 원하는 것을 얻지 못했고, 어쩌다보니 트라브존까지 오게 된 모양이에요. 동서양이 교차하는 곳이니 남과 북도 교류할 수 있을지 모른다고 생각했대요."

"여기 있어?"

"냐옹, 아뇨, 트라브존에서 흑해의 다른 연안으로 향하는 배가 나가니까 그 배를 타고 가버렸어요."

"너를 두고?"

"냐옹, 그러게요. 내가 잠깐 부두를 떠난 사이에 배가 출항해 버린 거예요. 마치 약속 시간에 늦었다고 '12지'에 못 들어간 동아시아의 묘족처럼요. 아참, 말해 둘 게 있는데요, 나는 가장 오래된 묘족의 원산지라고 하는 여기 서아시아 출신이에요."

오랜 킴의 이야기를 흥미롭게 듣고 있던 작가는 그 기다란 손가락으로 오랜 킴의 등줄기를 쓰다듬으며 이렇게 말했다.

"네 이야기, 재치 있고 유머도 풍부해서 아주 재미나게 들었어. 그런데, 어쩌지? 더 오래 얘기 나누고 싶지만, 어느새 수멜라수도원에 가야 할 시간이 다 되고 말았어. 그 수도원은 흑해 연안의 가장 아슬아슬한 절벽 높은 곳에 세워진 그리스정교의 수도원이라서 잠깐이라도 꼭 들르고 싶어서 말이야. 아쉽지만 여기서 작별해야겠네."

작가는 작심한 듯 말하고 나서 한동안 말없이 오랜 킴의 눈을 들여다보았다.

"냐옹."

오랜 킴은 알겠다는 말인지 모르겠다는 말인지 모를 소리를 내며, 서운한 표정을 지었다. 노란 킴에게 버림받았을 때도 이런 소리, 이런 표정을 지었을지 모르겠다는 생각이 들었다.

그때, 아까부터 하늘을 덮고 있던 구름이 밀려오는가싶더니 후드득 굵은 빗방울이 떨어지기 시작했다.

잠시 말없이 있던 작가가 입을 열었다.

"이봐, 오랜 군! 내 '인생의 동행자' 어머니네 시골에서는 헤어질 때 비가 오면 다시 만난다는 뜻이라고 하네. 이렇게 비가 오는 걸 보니 틀림없이 다시 만날 거야."

작가는 다른 사람보다 유난히 센티멘털하면서도 그걸 솔직히 드러내지 못했다. 이번에도 서운함을 감추려고 한 말일 텐데, 나에게는 그것이 오히려 그의 서운한 마음을 더 잘 드러내는 것 같아 더욱 짠하게 느껴졌다. 오랜 킴과의 신기한 만남은 정말 짧은 시간이었으나, 농밀한, 그야말로 '일기일회'라는 말이 어울리는 만남이었다.

우리는 박물관 출구에서 기다리고 있던 택시를 타고 서둘러 산 위의 수도원을 향해 출발했다.

수멜라수도원은 트라브존 시내에서 남쪽으로 46킬로미터 떨어진 곳에 있다.

서기 4세기 무렵, 두 명의 그리스정교 수도승에 의해 세워졌다고 하는 이 수도원은 마을에서 떨어진 심산계곡의 깎아지른 바위절벽에 달라붙듯이 서 있었다.

수도원이 있는 산은 상록수가 울창하게 우거지고, 골짜기에는 계류가 세차게 쏟아져 내리는 그야말로 심산유곡이다. 너무 신비로워서 으스스함마저 느껴진다고도 하는데, 이 깊은 계곡의 울창한 나무 사이로 운무가 피어오르는 순간을 가리키는 말일 것이다.

우리가 수멜라수도원을 저 멀리 정면으로 조망할 수 있는 곳에 다다른 것은 오후의 태양이 아직 산 위에 남아 있을 때였다. 오랜 킴 고양이와 헤어질 때 내리던 비는 어느새 그쳐 있었다.

단애절벽의 옆구리에 세워진 이 수도원을 처음 보았을 때, 나는 이전에 가 본 적 있는 중국 산동성의 산사를 떠올렸다. 그때도 작가와 함께였다. 당 시대에 세워진 그 절도 바위산의 절벽에서 떨어지지 않겠다는 듯 필사적으로 매달려 있는 것처럼 보였다. 환경이 가혹할수록 인간의 혼은 더욱 맑게 갈고 닦아지는 것인지, 깊은 신심을 갖고자 하는 사람은 모두 같은 일을 하는구나싶어서 진한 감동이 느껴졌다.

그때, 함께 수도원을 바라보며 서 있던 작가가 걸음을 떼었다. 작가가 걸어가는 쪽을 쳐다보니, 산에서 나온 물이 바위를 타고 흘러내리고 있었다. 작가는 널따란 등을 뒤로 보인 채 구부정한 자세로 졸졸 흘러나오는 맑은 물을 손바닥에 받아 목을 축였다.

이 물은 이 수도원을 찾는 많은 사람이 즐겨 마시는 모양이었다. 작가의 뒤를 이어 다른 여행객도 그 물로 목을 축이고 나서 수도원을 향해 걸음을 옮겼다.

수멜라수도원은 깊은 계곡을 건너지 않고는 갈 수 없다. 작가도 나도 매우 지쳐서 수도원까지 가는 것은 단념하기로 했다.

지금 생각하니, 작가가 물을 마신 행위는 수멜라수도원에 꼭 가보고 싶지만 갈 수 없는 자신에 대한 일종의 의식이 아니었을까싶다.

1995년, 일본의 한신대지진을 경험한 나는 그때 처음으로 물의 고마움을 실감했다. 도시 직하형 대지진으로 모든 라이프 라인이 멈췄을 때, 우리를 구해준 것은 이웃집 우물과 집 앞에 펼쳐진 바닷물이었다. 물은 만물의 생명의 근원일 뿐만 아니라 지진재난 후의 메마름으로부터 우리의 몸과 마음을 촉촉이 적셔 주었다.

깊은 기도를 마음에 품은 사람은 헤아릴 수 없는 부드러움과 강함을 동시에 지니고 있다. 그것은 현존하는 모든 종교와 종파의 탄생보다 더 원초에 있는 것이다. 위구르족의 속담에 "사람은 하루 한 번 죽음을 생각하면 다른 사람을 용서할 수 있다."는 말이 있는데, 사람은 죽음을 의식할 때 비로소 이전에 가져보지 못한 평온하고 엄숙한 시간을 가진다. 시간을 아끼고, 생명을 소중히 여기며, 다른 사람을 더 깊이 사랑할 수 있는 것이다.

작가는 지진 직후부터 몇 년이 되도록, 붕괴된 가옥 아래 매몰되어 있는 죽은 가족과 아이들을 추모하는 꽃다발, 장난감, 캐러멜 등이 차려진 재난가옥 터를 날마다 둘러보았다. 그들의 죽음은 작가가 소년 무렵에 겪은 전쟁으로 인한 '난사'를 다시 상기시켰다. 작가에게 '난사'란, 그것이 전쟁에 의한 것이든 재해에 의한 것이든 평생에 걸쳐 매달려온 문학적 과제의 하나였다.

그리고 이는 거꾸로 말하면 어떻게 살 것인가라는 작가 스스로에게 던지는 질문이었다. 작가가 사자를 진혼하는 마음에 진심으로 다가가면서 생각한 것은 '사람은 죽임을 당해서는 안 된다.'는 것이었다.

아기는 능동적으로 이 세상에 '출현한' 것이 아니다. 사람과 사람의 관계에 의해 '낳아진' 것이다. 이는 인간은 본디 '당하는' 존재임을 의미한다.

그러나 '낳아진' 뒤 성장함에 따라 점차 '하는' 쪽으로 힘이 쏠려간다. 그러다 이윽고 힘이 쇠하여 늙어가면 다시 '당하는' 쪽으로 돌아간다. '생로병사'의 숙명을 갖는 존재가 인간이라는 것을 작가는 입버릇처럼 말했다.

그런 생각을 하고 있는데, 수멜라수도원을 배경으로 마치 조각상처럼 솟아 있는 작은 바위가 눈에 들어왔다.

"그 바위 옆에 잠깐 서 봐요!"

내가 소리쳤다.

아무 말 없이, 시키는 대로 피사체가 된 작가가 카메라에 담겼다. 내가 처음이자 마지막으로 찍은 사진 속 작가의 모습이다.

그 어느 때보다 피곤해 보이고, 안색은 마치 양초처럼 하얗다.

이제 나도 지진피해를 입었을 때의 작가와 거의 같은 나이가 되었다. 이 나이에 난치병을 얻어 앞으로 남은 날들을 이 병과 함께 살아가게 되었는데, 상황은 다르지만 인간수명의 오묘함과 덧없음을 실감하는 나날을 보내고 있다.

그 절망스러웠던 지진재난 직후부터 작가가 인간은 죽임을 당해서는 안 된다, 버림棄民당해서는 안 된다고 고군분투하며, 시민발의에 의한 나라의 제도「재난피해자 생활재건 지원법」을 국회에서 성립시킨 것은 운동을 시작한 지 삼 년만의 일이었다.

지금 와서 돌이켜보니, 작가는 심히 무리를 하면서 자신의 일과 이 입법운동을 병행했다. 이때는 작가가 소설가로서 한창 원숙기의 정점에 있을 때여서 왕성하게 작품을 쓰고 있을 무렵이었다. 자신의 목숨을 단축시키면서까지 만들려고 했던 재난피해자 지원법은 작가에게 그토록 소중한 일이었을까? 나는 이따금 돌이켜본다.

　작가의 부친은 말수 적은 변호사였다. 나는 새를 떨어뜨리는 화려한 타입의 변호사가 아니라 상업도시 오사카에 어울리게 소상인들의 소송을 많이 다루었다고 한다.

　상인들의 오랜 관습 가운데, 어음 거래가 있는데 이것이 때로는 커다란 분쟁으로 진전되어 상인들을 괴롭혔다.

　부친은 자신이 다룬 「약속어음금 청구사건」으로 그때까지 있었던 일본 최고재판소의 판례를 변경되게 한 일이 있는데, 작가가 그 법정 프로세스가 얼마나 복잡한 일인지 몰랐을 리 없다.

　훗날 본인의 노력이 결실을 맺어 「재난피해자 생활재건 지원법」이 국회에서 제정되었을 때 작가는 어떤 마음이었을까! 나는 새삼 작가에게 묻고 싶다.

　고대 아테네의 민주주의가 가장 빛났던 시대, 제도란 '인간의 평등을 철저히 하기 위한 수단을 만드는 것'이었다. 지구에 사는 약 72억의 인구 중 단 40명도 되지 않는 큰

부자들이 거의 20억 명이 버는 총소득과 같은 정도의 돈을 벌고 있다는 오늘날의 불평등을 생각할 때, '가난한 자를 위한 정치가 민주주의다.'라고 했던 작가의 아리스토텔레스의 정치학 이해가 함축하는 바가 내 마음을 울린다.

'시민의 위기는 사회의 위기'라고 인식했던 작가는 당시 '주센'●의 파탄에 대해 공적자금을 투입하는 정부가 지진재난으로 집과 재산을 잃은 재난피해자에게는 단돈 한 푼도 지원하지 않는 것에 울분을 느꼈다. 전후, 불완전하나마 평화주의의 선진국, 민주주의 국가를 표방하고, 그를 위해 노력해 온 일본인으로서 '이 나라는 인간의 나라인가!'라고 아연했던 것이다.

그래서 어쩔 수 없이 운동을 시작했던 것인데, 작가가 끝까지 지키려고 했던 것은 시민의 창의력으로 사회를 움직이는 것, 즉 '주권재민'이었다.

민주주의 정치란 무엇인가? 작가에게 민주주의란 기본적으로 '주권재민'의 정치이며, 그 기본을 지탱하는 것은 자유와 평등, 인권을 중시하는 시민이다.

의회제 민주주의제도 아래, '주권재민'의 기본을 지탱하는 시민이 정치 참가의 '대행자'를 뽑는 것이 선거다. 그

● 일본의 주택금융전문회사

리고 시민에 의해 뽑힌 '대행자', 즉 의원이 그 '대행'의 역할을 실현하기 위해 모인 것이 정당이다.

그러나 현재의 정당정치상황은 아무래도 이와는 반대의 순서로 제멋대로 자행된 지 오래되어 이제는 전횡이라고 해야 할 상황이다. 정당이 정책을 만들고, 그것을 선거 때 시민에게 제시하고 정당에 속한 후보자를 선출하게 하는 순서는 본래의 '주권재민'의 민주주의에서 말하면 거꾸로인 셈인데, 세계의 민주주의 정치를 표방하는 다수의 국가에서 볼 수 있는 현상이다.

민주주의 정치의 가장 중요한 기반은 법률을 만들고 정책을 수립하는 일인데, 그 주인공은 언제나 의원이지 시민이 아닌 것이 현실의 양상이다.

작가가 굳은 의지로 실현하고자 했던 시민발의에 의한 「재난피해자 생활재건 지원법」을 만드는 운동은 그런 현대 민주주의정치의 실상을 역전시켜 보이고자 했던 작가의 시도였을 것이다.

'시민=의원 입법' 운동을 내건 이 활동은 시민이 스스로 만들어 낸 '시민 입법안'을 의원에게 제시하고, 그에 찬동하는 초당파의 의원들이 '의원 입법안'으로 그 내용을 보완하고 그것을 내각법제국이 다듬어서 의회에 제출하여 실현시키는 것이었다. 이러한 운동의 프로세스에서 자연스레 형성된 것이 이 법안에 찬성하는 '시민=의원 입법'당이었다.

분명히 밝히지만, 이는 전혀 당을 파괴하는 분당활동이 아니다. 예를 들어 A라는 문제가 있다고 하자. 시민과 의원이 함께 싸우는 'A시민=입법 의원'당, 그리고 B에 대하여 해결하고 싶은 과제가 있으면, 'B시민=입법 의원'당, 이런 식으로 의원이 과제 별로 시민과 함께 시간을 들여 자유롭고 대등하게 활동한다. 즉, '직접 민주주의'와 '간접 민주주의'를 수레의 양쪽 바퀴로 하여 움직이는 것이다.

그렇게 하는 것이 이제까지 순서가 전도되었던 정당정치를 바로 세우는데 조금이라도 도움이 되지 않을까, '주권재민'의 데모크라시에 다가갈 수 있는 것이 아닐까, 라고 작가는 생각했던 것이다.

소포클레스는 "인간의 찬탄할 만한 최상의 것은 '아스티노모스 오르게Astynomos Orge'다."라고 했다. 아스티노모스란 그리스어로 '제도를 만들다', 그리고 오르게는 오르가즘의 어원으로 '강한 충동'이나 '열정'을 뜻한다.

포기할 줄 모르는 뜨거운 열정이 수많은 사람들의 마음을 움직이고, 그것이 파동이 되어 소용돌이칠 때, 데모스가 크라토스를 느끼는 순간이다. 그것은 '작은 인간'의 힘의 씨앗이다. '작은 인간'이 만들어 내는 소용돌이의 힘으로 '큰 인간'이 일으키는 정치를 역전시킬 수 있다면, 그것은 사람들에게 가장 칭송 받을 만한 숭고한 경험이 되는 것이다.

평생 기발한 기법으로 당대의 권력자를 철저히 웃음거리로 만든 희극 작가 아리스토파네스를 경애했던 작가는 비극보다 희극을 좋아하고, 과거보다 미래를 바라보며 걸은 사람이었다. 그러나 비극 작가인 소포클레스의 『콜로노스의 오이디푸스』에 대해서는 타의 추종을 불허하는 빼어난 평론을 남겼다.

작가가 사랑하는 희극이란, 실은 치유될 수 없을만큼 깊은 비극을 아는 자가 이제 그만 눈물을 훔치고 앞을 향해 나아가려고 하는 비희극이었던 것은 아니었을까!

내가 찍은 처음이자 마지막 사진 속 작가의 모습은 오랜 세월 험한 길을 혼자 개척하며 걸어온, 그런 작가의 고독이 고스란히 묻어나는 평온함과 강인함으로 가득한 모습이었다.

오랜 역사를 지닌, 중층성이 넘치는 트라브존의 대지를

내려다보며 우리 두 사람을 태운 비행기는 이스탄불을 향해 힘차게 날아올랐다. 언제나 비행기 밖을 바라볼 수 있는 창가 자리에 나를 앉히는 작가는 이날도 그랬다. 창밖의 어스레한 어둠속에서 반짝이는 불빛을 발견한 나는 그 불빛이 혹시 우리가 만났던 여러 고양이들의 깜빡임은 아닐까 상상하며 비행기의 좌석 벨트를 가볍게 고쳐 맸다.

## 종장을 대신하여/ 지복과 상실

　작가 오다 마코토(1932~2007)의 미완성 우화 소설 『트라브존의 고양이』●는 터키여행에서 돌아와, 자신이 불치의 병을 앓고 있다는 사실을 알게 된 직후부터 쓰기 시작한 소설이다.
　이 세상에서의 여명이 제한되어 있다는 사실을 알았을 때, 사람은 무엇을 생각할까? 그것도 기한을 정해서 길어야 일 년, 짧으면 석 달일지도 모른다는 선고를 받았다면 말이다.
　이 세상이 얼마나 멋진 곳인지, 얼마나 즐거운 곳인지 누구에게나 명랑하게 얘기하곤 했던 사람. 인간의 추함과 슬픔에 대해 누구보다 깊은 사색을 해온 사람. 그런 사람은 생명의 끝에 서 있을 때라도, 앞에 무엇이 기다리고 있

●『기원으로부터 생각한다』 수록

을까, 하고 변함없이 생생한 호기심을 지니고 있었다.

작가는 특별한 정신력을 지닌 사람이었지만, 매우 섬세해서 상처받기 쉬운 사람이기도 했다. 글을 쓰는 일에 집중하면 조금이라도 병에 대한 불안이나 잡념을 떨쳐내고 마음의 평안을 지킬 수 있을 거라고 생각한 나는 작가에게 가벼운 마음으로 우화 소설을 써 볼 것을 권했다. 아무튼 작가는 글을 쓰는 걸 좋아했으므로.

우화의 제목은 『트라브존의 고양이』. 터키를 여행하는 동안, 왠지 고양이가 작가의 발밑으로 바싹 다가오는 광경이 강한 인상으로 남아 지워지지 않았다. 그런 까닭으로 내가 제목을 그렇게 정했다.

이 책의 제목을 작가가 본다면 헛웃음을 지을까?

"이런, 이런! 하다못해 『트라브존의 고양이 견문』이나 뭐, 좀 더 좋은 제목은 없었소?" 라며……

물론 아무리 궁리해도 더 좋은 생각이 떠오르지 않은 탓도 있지만, 아무래도 이 제목이 머리에서 떠나지 않았다. 마치 여기저기 아슬랑거리며 돌아다니던 고양이가 으레 가장 지내기 편한 곳으로 돌아오듯이.

세계일주여행가이기도 했던 그는 여행지에서 본 오묘한 풍경의 아름다움에 반하기도 하고, 사람의 사소한 표정이며 몸짓 하나에도 재밌어 하며 흥미를 갖는 일이 많았다. 마치 어린 사내아이가 기차를 타고 가면서 유리창에 얼굴을 바짝 갖다 대고 바깥 풍경을 지켜보는 것처럼 길 가는 사람들의 행렬이며 마을의 정취를 그저 멀리서 바라보는 것만으로도 만족스러워 했다.

  작가에게 본다는 것은 미지의 세계에 대한 끝없는 호기심과 감동이며, 스스로에게 질문을 던지는 자성적인 행위였다. 그 정신의 영위는 병으로 쓰러지는 순간까지 멈추지 않고 계속되었다.

  『트라브존의 고양이』는 요양 중인 침상에서 쓰기 시작했다.

  처음에는 오랫동안 써서 길이 잘 든 가장 굵은 몽블랑 펜으로 원고지에 한자 한자 새기듯 힘차게 써내려갔으나 차츰 기력이 쇠해지며 펜을 든 손가락의 힘조차 약해지고 말았다. 필체가 마치 파울 클레의 만년 작품처럼 되었다.

  작가는 만년필에 까다로웠다. 젊은 시절에는 연필이나 펠트펜 등 다양한 필기구를 사용했으나, 손가락이 길고 손이 크다 보니 특대 몽블랑 펜이 자기 손에 꼭 맞는다는 것을 발견한 듯했다. 잉크병에 그 특대 몽블랑 펜 끝을 담가서 조금씩 빨아올리는 옛날 방식을 맘에 들어했다. 그렇게 하는 동안에 작가는 아마도 잠깐의 휴식과 안도를 맛보았을 것이다.

그래서 그 펜을 열 자루나 소장하고 있었으나 그 중에서도 가장 펜 끝의 부드러운 탄력성이 느껴지는 펜이 있으면 거기에 꽂혀서 그것만 즐겨 쓰곤 했다. 그렇게 작가의 사랑을 받은 펜 끝은 한쪽으로 살짝 모양이 틀어진 새의 발톱처럼 되었다.

마침내 파울 클레의 선묘화 같은 글씨조차 쓰기 어렵게 된 후로는 구술로 집필을 계속했다.

반쯤 마른 레몬에서 한방울 한방울 즙을 짜내듯 토해 낸 언어를 녹음테이프가 주워 삼킨다. 그 작업을 작가의 기분이 좋은 때를 살펴서 그가 누워 있는 침대 머리맡에 내 얼굴과 테이프리코더를 갖다 대고 한마디 한마디 건져 올린다.

때때로 말이 끊어진다. 나는 슬며시 다음 문장을 재촉한다.

"그래서 고양이는 어디서 왔어요?"

이런 식이다.

그러나 그것도 그리 오래 계속되지는 못했다.

어느새 작가는 "그래서요?" "그 다음은요?" 라는 나의 물음에 대답하지 못하게 되었다. 이제 작가는 목소리조차 내지 못했다.

목소리는 사람의 신체 가장 깊은 곳에서 나온다. 인간의 마음과 혼, 정신의 깊은 우물에 두레박을 내려서 퍼 올리는 것이 말의 울림인 것이다. 그리고 그것은 그 사람다움을 가장 잘 표현하는 악기인 것이다.

그런 따스한 온기, 친근함, 다정함을 대하는 것이 어느 순간 딱 멈춰 버렸을 때 사람은 참으로 슬픔이란 것에 맞닥뜨린다. 가슴을 에는 차디찬 불안과 공포가 온몸을 덮치고, 환하게 빛나던 세상은 순식간에 암흑 속에 갇혀 버린다. 마음이 사랑으로 가득 차 있을 때는 느끼지 못했던 아픔이 온몸을 찌르는 것이다.

비통함이 너무 클 때, 사람은 가야 할 길을 잃고 미아가 되거나 물러서거나 무릎을 꿇고 웅크리고 만다. 때로는 이 세상 모든 것이 적으로 보여서 공격적이 되거나 방어적이 되기도 한다. 무엇과도 바꿀 수 없는 생명을 빼앗긴, 도저히 받아들일 수 없는 부조리함에 슬픔은 노여움이 되어 타인을 상처 입히기도 한다.

　사랑의 신 에로스는 받아들이기에 따라 행복이 되기도 하고 불행이 되기도 하는 걸까. 아니면 지복의 시간은 영원히 지속되지 않는다는 사실을 암시라도 하는 것일까, 고대 그리스의 신은 참으로 의미심장한 말을 해준다.

　지복의 시간이란 어떤 때일까?
　그것은, 사랑이 지극한 힘을 낼 때일 것이다.

　사랑은 어떻게 힘을 낼까?
　"사랑이란 상대의 얼굴을 마주보는 것이 아니라 두 사람이 같은 방향을 보는 것이다."
　생텍쥐페리는 사랑을 이렇게 말했다. 그것은 두 사람이 각자 독립적이고 자유로운 개인이라는 것을 서로 존중하면서 맺어지는 관계성이다.
　고독한 두 사람의 혼이 서로 만나 심오한 부분에서 공명할 때, 자신과 상대방 사이에 새로이 풍요로운 정신세계가 열린다. 즉, 두 사람의 존재를 절반씩 나눠 갖는 것이 아니라 각각 온전하게 하나씩 늘려가는 것이다. 이런 사랑의 방식은 단지 남녀의 관계가 아닌 인간으로서의 여성과 인간으로서의 남성이라는 관계를 보다 고차원의 것으로 발전시키는 것이다.

그러나 이것은 꽤 어려운 일이다. 다양한 모색과 지혜를 필요로 한다. 한결같고 꾸준한 대화가 있어야 한다. 서로의 눈을 응시할 뿐 아니라 서로의 마음까지 응시해야 한다.

사람은 지복의 한가운데 있을 때, 지복인 것을 알지 못한다. 그것은 눈에 보이지 않는 공기처럼 그저 그 사람을 보드라운 꽃향기로 감싸고 있기 때문이다. 마치 갓난아기의 배내옷처럼.

지복을 인식할 때는, 행복이라는 보이지 않는 베일이 벗겨졌을 때, 사라졌을 때다. 비탄 속의 삶을 처음 맛볼 때일 것이다. 하물며 사랑하는 남녀의 행복 같은 것은 그렇게 언제까지고 이어지지 않는다. 인간은 아무리 사랑하는 부부라도 금슬지락의 지복을 백 년이나 누릴 수는 없는 것이므로.

지복이 영원히 이어지지 않는다는 사실을 잘 알고 있었던 고대 그리스의 문학가들은 인간의 휴브리스●를 무엇

● 오만

보다도 경계했다. 나는 살아있는 한, 오만을 멀리하고 싶다. 작가가 그랬던 것처럼…….

## 참고문헌

『イーリアス上・下』ホメーロス著/ 呉茂一訳　(岩波書店・1953年)
『ギリシャ・ラテンの文学』呉茂一・中村光夫著　(新潮社・1962年)
『古代ギリシア文学史』高津春繁著　(岩波書店・1952年)
『サップォー 詩と生涯』沓掛良彦著　(水声社・2006年)
『古典ギリシャ』高津春繁著　(筑摩書房・1964年)
『世界文学大系3 プラトン』田中美知太郎編　(筑摩書房・1959年)
『イソップ寓話集』いソップ著　中務哲郎訳(岩波書店・2002年)
『オリジンから考える』鶴見俊輔・小田実著(岩波書店・2011年)
W. G. Forrest. The Emergence of Greek Democracy. 1966. Weidenfeld & Nicolson. London.
Douglas Linder. 2002. The Trial of Socrates. (녹색평론 142호 2015년 한국)
Cornelius Castoriadis. 2002. De Atheense Polis. (녹색평론 142호 2015년 한국)

## 고양이의 책꽂이

(이 책에 나오는 '작가' 오다 마코토의 작품, 나온 순서대로)

『옥쇄』(신쵸사・1998년)
　태평양전쟁의 격전지가 된 남태평양의 섬을 무대로 나카무라 중사와 조선인 김 하사 등 일본군의 사투를 담담하고 극명하게 그린 작품. 2006년에 도날드 킨의 영문을 함께 수록한 영일판이 이와나미쇼텐에서 간행되었다. 오다 마코토 전집 소설 제34권(고단샤, 2013년)에도 수록되었다.

『무엇이든 다 보자』(가와데쇼보신사・1961년)
　오다 마코토가 29세에 쓴 청춘 방랑기. 해외여행이 드물었던 1960년대에 하루 1달러로 전 세계를 돌아다닌 모험담은 일본에서 책이 나오자마자 그 해의 베스트셀러가 되었다. 1979년에 문고판으로 발간되어(고단샤 문고) 오늘날까지 읽히고 있다.

『숭고에 관하여』(가와이문화교육연구소 · 1999년)
「숭고에 관하여」는 20대 무렵의 오다 마코토가 대학 졸업논문으로 다룬 서양 고전 중의 고전(저자 롱기노스). 이래 오다 마코토 자신이 반 세기 가까이 문학론의 바탕으로 삼은 이 책에 새로운 번역과 평론을 덧붙여 펴낸 책. 오다 마코토 전집 평론 제26권(고단샤, 2013년)에 수록되었다.

『강』 전3권(슈에이샤 · 2008년)
1999년부터 2007년까지 99회에 걸쳐 월간지 「스바루」에 연재되었던 미완성 대작. 1927년의 중국 광주 코뮌 사건을 소재로 하여 조선인 아버지와 일본인 어머니를 둔 소년 시게오를 주인공으로 한 성장소설(빌둥스로만). 사후 1주기에 간행되었다.

『'난사'의 사상』(분게이슌주 · 1969)년
소년 시절, 공습으로 잿더미가 된 곳에서 목격한 죽음을 '국가'가 강요한 '난사'로 명명하고, '개인'으로서 살아남기 위한 고찰을 반복한 평화론. 여러 전집에 수록되었으며, 1991년에 문고로 간행되었고 (이와나미쇼텐 동시대 라이브러리), 2008년 이와나미 현대문고로 간행되었다.

『대지와 별 빛나는 하늘의 아들』(고단샤 · 1963년)
널리 알려진 고대 아테테의 소크라테스 재판을 소재로 인간에 대한 깊은 통찰을 바탕에 둔 초기 작품. 소크라테스는 왜 고발되었으며, 왜 사형에 처해졌을까? 1976년에 문고로 간행되었고(고단샤), 2009년 이와나미 문고, 2010년 오다 마코토 전집 소설 제4, 5권에도 수록되었다.